阿里斯托芬全集

刘小枫 主编

Πλοῦτος

财 神

[古希腊] 阿里斯托芬 著
黄薇薇 译

华夏出版社

受北京第二外国语学院

"科技创新服务能力建设－高精尖学科建设－外国语言文学学科"项目和校学科建设经费资助

出版说明

古希腊雅典民主时期，谐剧诗人并非只有阿里斯托芬（约公元前450－前385），但唯有他的作品较为完整地传世，这绝非偶然。即便在西方文学史上，阿里斯托芬的地位也堪称独一无二：还有谁是凭写谐剧成为思想家的呢？

在柏拉图（公元前427－前347）的《会饮》中，哲人苏格拉底（约公元前469－前399）与肃剧诗人阿伽通和谐剧诗人阿里斯托芬同台竞技。阿里斯托芬对人性和人世的理解虽不及苏格拉底深刻和整全，却远超阿伽通。从诗艺上讲，阿伽通的讲辞仅具抒情诗风格，阿里斯托分的讲辞则与苏格拉底的讲辞一样，以情节精妙的叙事为主体，又不乏抒情品质。

雅典戏剧的兴衰伴随着雅典民主政治的兴衰，

阿里斯托芬对人性和人世的理解实际上是对当时雅典民主政治的透视。迄今为止，西方大国的"自由民主"普世价值观仍把雅典民主当作首要的历史资源，可是，在雅典民主时代，民主政治的德性品质是优是劣一直存在争议。绝大多数现代西方学人无视这一文本事实，我们却不应该如此。

在希罗多德（约公元前480－前425）的《原史》中，因雅典民主而引发的政体比较议题已经明文可见（《原史》3.80－82）。据说，民主政治的优长在于，每个城邦民都有平等的参政权利——如今叫做"普选民主"。

欧里庇得斯（公元前480－前406）与希罗多德是同龄人，我们在他的《乞援女》中也可以看到同样的政体优劣论辩（2.381－597），史称肃剧作品中首次出现"宪政反思"。

论辩一开始，欧里庇得斯首先让雅典观众看到一段抨击普选民主的言辞：

[410] ……我所在的那个城邦，

由一个最优秀的人物而非靠乌合之众来统治;
那儿压根儿没这号人:比如,用恭维话让乌
　　合之众飘飘然,
为了私己的好处,把乌合之众一会儿支这边
　　一会儿支那边;
这会儿甜言蜜语,殷勤周到,
[415] 转过背就使坏,或者用新奇的诽谤
瞒过自己从前的过失,逃避审判。
再说,倘若民众连言辞端正都做不到,
怎么能够做到正确引导城邦?
与忙忙乎乎相反,悠悠自在才
[420] 给人更多的知识。整天在地里干活的
　　穷苦人
即便生得来一点儿不笨,就算丢下活儿
只怕他也不会去为政治事务动脑筋。
高明一点的人确实会认为这是病态的迹象:
一个无聊的家伙,竟然获得名声,
[425] 用舌头欺骗人民,尽管从前什么也不
　　是。(译文为笔者据希腊文译出)

我们不难看到，如今的西式普选民主同样如此：政治决断只顾眼前利益，朝三暮四，缺乏恒定性。

接下来，欧里庇得斯借传说中的雅典圣王忒修斯之口为民主政治作了长达30多行的辩护（行426–462）。据古典学家考订，欧里庇得斯笔下的忒修斯其实是现实中的伯利克勒斯（公元前495–429）的化身。在修昔底德（约公元前460–前396）笔下可以看到，伯利克勒斯在演说中宣称雅典的民主政治是"其他城邦的典范"（《伯罗奔半岛战争志》2.37.1）。由于伯罗奔半岛战争（公元前431–前404）是雅典民主政权走向衰败的标志，在修昔底德的叙事织体中，伯利克勒斯的宣称实际上成了历史的嘲讽对象。

伯罗奔半岛战争爆发那年，阿里斯托芬大约20岁，他的传世剧作中有三部以战争为背景（《阿卡奈人》《和平》《吕西丝忒娜妲》），绝非偶然。换言之，雅典民主在战争中走向衰败是阿里斯托芬剧作的现实背景。但是，阿里斯托芬并不关注如今所谓的国家强弱或国际主导权问题，而是关注民主政治的德性品质问题（《财神》《骑士》《马蜂》《鸟》《公民大会妇女》）。对观当今西式民主政治的各色怪相（比如"白左"），人们有理由说，阿里斯托芬的谐剧具有后现代意味。

尤其值得注意的是，阿里斯托芬的传世剧作中有三部以世人的品德教育问题为主题（《云》《蛙》《地母节中的女人》）。在阿里斯托芬看来，雅典民主政治的根本痼疾就在于败坏人的自然品德，而如此痼疾的根源则在于新派哲人和文人（作家）的人性启蒙。阿里斯托芬让埃斯库罗斯（公元前525－前456）在冥府中严词谴责欧里庇得斯的剧作，因为，

> 那些妇人们、也就是那些好男人的发妻们不就被你用
> 你的那些个柏勒洛丰忒斯们引诱得一个个含愧服毒自杀了么。

冥府中的欧里庇得斯辩称自己写的都是真实发生

的事情，阿里斯托芬笔下的埃斯库罗斯则敲打他说：

> 我的老天，当然是真事！可是，诗人总该把这种丑事遮起来，
> 而非演出来教人。对于那些个孩子们
> 得有老师这样的人来教，而成年的人则得有诗人来教。
>
> （《蛙》，行1049 – 1055，笔者据希腊文译）

阿里斯托芬的传世剧作堪称现代西方民主政治的古典镜像，不仅切中西方民主政治的要害，而且提出了一个永恒的普世性问题：何谓有德性的哲人和诗人——有自由民主信仰不等于有自然品德。柏拉图的作品对这一问题作出了整全性的回答，尼采断定，柏拉图枕头下面放着阿里斯托芬的剧作。

为了戏仿雅典民主政治造成的世人品德败坏状况，阿里斯托芬剧作中出现了不少不堪入目的言辞。尽管如此，与西方民主的后现代面目相比，

阿里斯托芬所展示的怪相只能算小巫见大巫。另一方面，古典学家还注意到，阿里斯托芬笔下也不乏高贵的抒情段落和肃剧式吟唱，以至于可以说，阿里斯托芬并非单纯的谐剧诗人，毋宁说，他是雅典戏剧的集大成者。

为了更好地认识当今西方大国所宣称的核心价值观，我们需要有既可供一般读者赏析，又可供学院人士研读的阿里斯托芬读本。因此，我们对剧作划分结构，施加小节标题，给出简扼题解，以概述场景或情节大要（用仿宋体与正文区分）。译注除解释人名、地名、典故及特别语词外，尤其注重疏通戏白对话脉络。由于原文为诗行，译文严格按音步排列，便于有需要的读者核查希腊语原文。

刘小枫
古典文明研究工作坊
2020 年 10 月

目 录

编译说明 / 1

财 神 / 1

一 正义与贫穷 / 5

   开 场 / 8
   进 场 / 43

二 私人愿望与公共计划 / 52

   第一场 / 56
   第二场 / 70

三 医治财神 / 98

第三场 / 99

四　重新分配社会财富　/ 117

第四场 / 120
第五场 / 144

五　财富与正义　/ 162

第六场 / 164
第七场 / 176
退　场 / 183

编译说明

《财神》是阿里斯托芬最后的作品。故事讲述了一个普通农民,出于私人目的去找太阳神阿波罗,询问他的儿子究竟应该选择怎样的生活方式,因为他发现,过正义的生活会越来越穷,过不义的生活却会越来越富。阿波罗的神谕显示:出了神庙,遇到的第一个人,要紧紧地跟随他,把他带回家。克瑞穆罗斯按照字面意思来理解这个神谕,把他遇到的第一个瞎眼乞丐带回了家,却发现乞丐就是财神本人。

财神又瞎又穷,如何让他致富?唯一的方法就是让财神恢复视力,与正义之人永远在一起。因此,克瑞穆罗斯的私人愿望变成了公共计划,他不只是要让自己和家人有钱且正义,还要让天下所有正义的穷人都有钱,让所有赚取不义之财的有钱人都变成穷光蛋,换言之,克瑞穆罗斯要实现一种理想社会的普世财富观。

乍一听,这个愿望不仅适用于当时的雅典,也适用于两千五百年后的今天。不少人梦想着一夜暴富,不少家庭梦想着摆脱贫穷,但是,克瑞穆罗斯计划的独特之处在于,没有人想着,一夜暴富的前提是持守正义,也没有家庭想着,脱贫致富的途径是劫富济贫。因此,克瑞穆罗斯的计划既激进,又保守。

要让天下所有正义的穷人都有钱,显然无法依靠人力实现,财神的出现保证了计划的实施。但是,财神也只是让有钱人的钱流入穷人家里而已,并没有让社会总财富得到增加。财神的出现,只是对社会财富进行了重新分配。

克瑞穆罗斯认为,他的愿望是对人类最好的计划,因为让财神恢复视力,帮助好人而远离坏人,让正义之财进入正义的家门,正义之人就会有钱且正义,而不义的有钱人就会失去财富,受到相应的惩罚。但是,事情的结局告诉我们,克瑞穆罗斯的愿望并没有完全达成。财神恢复视力后依然没有分辨能力,他不是让所有正义之人变富，而是让所有穷人都变富，有的穷人有钱后也过上了无所事事的懒散生活，社会秩序和伦理道德依然没有得到很好的改善。

简言之，剧本结尾虽然让克瑞穆罗斯大获成功，实际上却证实了财神的观点：财富与正义难以兼得；同时也证明了穷神的警告：贫穷（或匮乏）才是创造社会财富的动力。

我们不能说，阿里斯托芬是要通过这个剧本说服观众甘于贫穷、守住贫穷（毕竟所有的雅典人都希望从战争的创伤中恢复过来，回到以前的盛世）。其实，阿里斯托芬是想通过这个故事，引发观众思考财富与德性的问题：正义该不该得到回报？正义究竟应该依附在财富身上，还是依附在财富的拥有者身上？财富、贫穷与正义究竟有怎样的关联？这是《财神》对当时雅典观众的灵魂拷问，但对于今天的我们，依旧具有启发性。

阿里斯托芬的剧作自公演后，剧本也开始在民间流传，一直到罗马时代。据说，在尼禄和哈德良统治时期，想在地中海周围收集阿里斯托芬的剧本并非难事。日耳曼人入侵之后，西罗马帝国瓦解，阿里斯托芬的剧本随之迁入拜占庭，但此时仅有部分莎草纸残篇留下。直到公元 9 世纪，阿里斯托芬的作品才重现于世，出现了 11 个剧本的完整雏形。但由于年代久远，加之抄写员失误，同一个剧本往往会出现多种抄件，某句台词究竟应该归属哪个角色，属于同一诗行还是不同诗行，各抄件也总有差异。

据统计，阿里斯托芬流传下来的 11 个剧本有 240 多种不同的抄件，分别收藏于世界各地的图书馆。其中以 Ravennas 和 Venetus 编校的本子（简称 R 本和 V 本）为善。R 本依据的是最早的手抄本，可能抄写于 10 世纪，收集了阿里斯托芬 11 个剧本的各种抄件；V 本依据的抄本大概抄写于 11 或 12 世纪，但仅收集了 7 个剧本的各种抄件。

就《财神》而言，拜占庭时期就有 148 种抄件，是当时最流行的剧本，且在 R 本和 V 本中数量最多。在帕力欧根王朝（Paleologan，1261–1453 年）时期，但凡含有阿里斯托芬两个剧本以上的抄本，几乎都以《财神》为首，且多为三剧连排：《财神》《云》《蛙》。这代表了中世纪的口味。

此后，从现存文献来看，阿里斯托芬的 11 个剧本中，唯有《财神》从 16 世纪开始就一直备受瞩目，无论抄件还是译本，都比其他剧作更受欢迎。就译本而言，在意大利：1501 年，帕尔玛（Parma）出现了《财神》的拉丁译本（三音步诗体），之后又出现了马提塔努斯（Coriolanus Martitanus）翻译的《财神》和《云》的拉丁译本。到 1550 年时，《财神》在意大利已经有了近 10 个拉丁译本。在西班牙：1530 年，出现了《财神》的第一个西语本。在法国：1549 年，七星社巨头之一龙萨（Pierre de Ronsard）把《财神》译成了法语。在英国：1651 年，《财神》出现了第一个英译本。在德意志：1613 年，斯特拉斯堡出现了《财神》的第一个德译本，但直到 200 年后（即 1821 年），才有阿里斯托芬全集的德语版面世。

可以说，《财神》一直是各个国族的宠儿，只是到了现代，大家才认为，《财神》是阿里斯托芬最不起眼的剧本：剧情不那么惊世骇俗，人物平淡无奇，风格也没了辛辣之气。

其实，理解《财神》的关键，在于理解克瑞穆罗斯计划的实质和结果。作为阿里斯托芬最后一个剧作，倘若我们只停留在旧谐剧的转型上（结构精简，故事世俗，去政治化），无疑会偏离阿里斯托芬创作谐剧的本意——教育邦民，让城邦更好。此乃谐剧之正义，也是阿里斯托芬几乎在每个剧中都要传达的信息。

本稿依据霍尔（F. W. Hall）和吉尔达特（W. M. Geldart）编订的希腊文本迻译（F. W. Hall and W. M. Geldar, *Aristophanes: Aristophanes Comoediae,* vol. 2, Oxford: Clarendon Press, 1907）。

译文主要参考了罗杰斯（B. B. Rogers）收入 Leob 丛书的希英对照本（*Aristophanes III：with the English Translation of B. B. Rogers: The Lysistrata, the Thesmophpriazusae,The Ecclesiazusae, The Plutus,* Harvard University Press, 1925）以及奥尼尔（Eugene O'Neill）的英译本（Eugene O'Neill,

Aristophanes's Wealth. *The Complete Greek Drama,* vol. 2, New York: Random House, 1938)。

部分注释参考了近年来最受推崇的佐默施泰因（A. H. Sommerstein）的笺注本（A. H. Sommerstein: *Aristophanes' Wealth*, Warminster: Aris & Phillips, 2001）。

部分疏解参考了施特劳斯的《苏格拉底与阿里斯托芬》（李小均译，华夏出版社，2011）。

本稿依据情节脉络，以"财神得到医治"为转折，对十个场次的内容做了大致划分（五个部分），并在每个场次中给出小节标题，以便呈现剧作的结构和纲领。本稿体例和行码依据霍尔和吉尔达特的牛津编本，原文既是对话，也是诗行，之所以出现阶梯形排列，是因为说话人发生了转换但音步未断。

黄薇薇

2020 年 8 月

于御景湾

财 神

人　物

卡里翁——克瑞穆罗斯的家奴

克瑞穆罗斯——雅典农民

财　神——布鲁图斯

歌队长——歌队领队

歌　队——由二十四个雅典农民组成

布勒普西得摩斯——市场监督员

穷　神——珀尼阿

妻　子——克瑞穆罗斯的妻子

正义之人

告密人

老　妇

少　年

赫耳墨斯

祭　司——宙斯的祭司

布　景

雅典的一条街道，背景只有一所屋子，克瑞穆罗斯家。

时　间

公元前388年。

一　正义与贫穷

［题解］雅典农民克瑞穆罗斯正义且虔诚，却总受穷，而那些不义之人却很富有。他为此感到十分困惑，不知道该教儿子成为哪种人，便带着奴隶卡里翁去德尔斐神庙询问。阿波罗答复说：一定要把出了庙门碰到的第一个人带回家。所以，他就一直跟在一个瞎子后面，还强迫卡里翁也跟着，但不告诉卡里翁原因。卡里翁觉得奇怪，一番纠缠后得知真相。原来，主人竟然从字面上理解阿波罗的神谕。卡里翁感到震惊，出庙门后遇到的第一个人，当然指的是任何一个当地人，也就是说，神谕是要主人学习本地人的作风，发不义之财。克瑞穆罗斯拒绝卡里翁的理解，希望揭示瞎子的身份，证明自己的判断（第1—55行）。

二人开始盘问瞎子。在他俩的威胁下，瞎子说出自己就是财神的秘密。得知瞎子就是财神，二人惊诧万分，询问财神为何如此落魄。财神说，他之所以又瞎又脏，是宙斯所为。因为他过去只去好人和正义人身边，宙斯出于妒忌就把他弄瞎了，眼瞎使他分不清好人与坏人。克瑞穆罗斯追问，如果财神恢复视力，是否会恢复正义？财神保证看得见后就去找正义的人（第56—100行）。

克瑞穆罗斯要求财神留下，把他治好。财神拒绝，他担心遭到宙斯的惩罚。克瑞穆罗斯鼓励他说，宙斯根本不可怕，财神比宙斯更强大，因为世间的一切好事和坏事全都源于财富。财神同意这个说法，但又怀疑克瑞穆罗斯一个凡人，没有能力医治自己。克瑞穆罗斯说有阿波罗支持，财神这才消除了疑虑。克瑞穆罗斯没等财神最终答应，就吩咐卡里翁去邀请田间正在劳作的朋友回来，同他一起分享财富，他自己则邀请财神与他一起回家，把他介绍给自己的家人（第101—252行）。

卡里翁跑到田间，邀请克瑞穆罗斯的朋友回家。这些朋友是一群与克瑞穆罗斯一样正义且贫穷的老农,他们组成了歌队。卡里翁告知他们,主人带回了财神,要让他们全都变成富人(第253—289行)。

卡里翁和歌队欢快地唱起抒情歌。卡里翁把自己比作独目巨人和基尔克,歌队把自己比作奥德修斯,他们一唱一和,庆祝即将来临的幸福生活(第290—321行)。

开　场

（一个又脏又老又瞎的乞丐上场，身后跟着克瑞穆罗斯及其仆人卡里翁。卡里翁头戴花冠，拿着一块祭肉）

阿波罗的神谕

卡里翁：

这是件多么痛苦的事！宙斯啊，天神啊，

给一个精神错乱的主人当奴隶。

要是侍从碰巧说出最好的意见，

他却不听，还另有主意，

5　　侍从就必须分担后果。

命运不允许他掌控自己的身体，[1]

1　"卡里翁"，这个名字要在第624行才出现。这期间，我们只知道，他是克瑞穆罗斯家的一个奴隶。克瑞穆罗斯告诉我们（第27行）卡里翁是家里最可靠、最会

买他的人才可以。

就这样吧。至于阿波罗,[1]
坐在金三脚凳上唱预言歌,
我要对他抱怨几句公道话,   *10*
人们都说他是个聪明的医生和预言家,
他却给我送回个傻兮兮的主人,
跟在一个瞎了的人后面,
与他该做的事刚好相反。
因为,看得见的人该领着看不见的人,   *15*
他却跟在瞎子后面,还强迫我也跟着,
连"嗯"也不"嗯"一声。

偷的一个。可以说,他信任卡里翁,这可能是他带卡里翁一起去德尔斐神庙询问神谕,还把神谕的内容告诉他的原因。因此,在克瑞穆罗斯眼里,主仆之间有一定的信任关系。可是,卡里翁并不这么看,他认为自己只是个奴隶,是主人财富的一部分,所以自己的身体不受自己控制,而受买他的人控制。

1 原文为 Loxias,是阿波罗的别称。

我不能再这样一言不发,

除非你告诉我为什么跟在他后面,

20　　主人,我会给你找麻烦哟!

你不会打我的,我可戴着花冠呢![1]

克瑞穆罗斯:

宙斯在上,你再骚扰我,我就扯下你的花冠,

叫你疼得更厉害!

卡里翁:

　　　　　　废话,我会一直骚扰你,

直到你告诉我这人是谁。

25　　我之所以问你,完全是出于好心。

克瑞穆罗斯:

那我就不瞒你了。在我的家奴中,

我认为你最可靠、最会偷。

我是个虔敬且正义的男人,

但不走运,是个穷人。

---

[1] 他俩刚从阿波罗神庙回来,卡里翁还戴着花冠,受神保护,所以主人不会打他。

一 正义与贫穷

卡里翁:

    这我知道。

克瑞穆罗斯:

可那些盗窃神庙的人、演说家、   30
告密人、流氓却很富有。

卡里翁:

    有道理。

克瑞穆罗斯:

于是,我就去神那里询问,
不是为了我自己苦命的生活,
因为我认为我射出的生命之箭快到头了,
而是为了我的儿子,他恰好是我唯一的儿子, 35
我要问神是否应该转变他的性情,
把他变成一个邪恶、不义的、一无是处的人,
我认为那样有利于生活。[1]

---

1 克瑞穆罗斯意思是说:正义之人穷,不义之人富,要想过上富裕的生活,就得做一个不义之人。他在生活中几乎已经得出这样的结论。可是,他毕竟是个正

卡里翁：

　　福波斯从他的花冠下到底唱出了什么？

克瑞穆罗斯：

40　你会知道的。神明白地告诉我：

　　走出庙门后，首先遇到的那个人，

　　要恳求他，不要放过他，

　　劝他跟我一起回家。

卡里翁：

　　那你到底首先碰到了谁？

克瑞穆罗斯：

　　　　　　　　就是这个人呀！

卡里翁：

45　那你还不明白神的意思吗？

　　大笨蛋，神已经明明白白地告诉你了，

义之人，尽管想发财，却不想发不义之财，难道正义的人不该得到回报？或没有一条正义的发家之道？他有些怀疑，又因为自己很虔诚，所以才去求神，想让神给他（尤其他的独子）指出一条明路。

一 正义与贫穷

叫你的儿子去学本地人的作风!

克瑞穆罗斯:

你怎么判断出的?

卡里翁:

因为显然,就是瞎子

也知道,在当今这个时代,

不干好事儿极为有利。 *50*

克瑞穆罗斯:

神谕不会倾向于这个意思,

而是别的更重大的含义。如果此人告诉我们

他到底是谁,为了什么缘故

要把我俩带到这儿来,

我们就会明白神谕真正的含义。[1] *55*

---

1 阿波罗指出的明路非常清晰,就是学习本地人的作风。因为,克瑞穆罗斯出了庙门,无论碰到的第一个人是谁,其实都是本地人,而本地人的作风就是攫取不义之财,做不义之人。但虔敬而正义的克瑞穆罗斯不相信伟大的阿波罗会叫他的儿子去当一个坏人,所以他选择

财神是个瞎子

卡里翁：

（向瞎子）

喂，要么告诉我你是谁，

（举起拳头）

要么就给这个。快说！

财　神：

我对你说，"去死吧！"

卡里翁：

（向克瑞穆罗斯）

你知道他说的是谁吗？

从字面理解神谕，坚定地按照神的指示，把他遇到的第一个人，即这个瞎乞丐带回家。可是，他还是不太确定，这样理解神谕是否正确，唯有揭示出这个人的身份，才能理解神谕的真正含义。

一　正义与贫穷

克瑞穆罗斯：

    他说的是你，不是我，

你问得这么粗鲁暴躁。　　　　　　　　　　　　60

（向财神）

如果你是一个喜欢信守承诺的人，

就告诉我吧。

财　神：

    我对你说，"去哭吧！"

卡里翁：

接受这个人和神的预言吧。

克瑞穆罗斯：

德墨忒耳在上，你就要高兴不起来了，

要是你还不说——

卡里翁：

    我就叫你不得好死！　　　　　　　65

财　神：

朋友，你俩离我远点！

克瑞穆罗斯：

    那怎么行？

卡里翁：

  我说的是最好的，主人。

  我要叫这家伙不得好死，

  我要把他带到某个悬崖边上，

70 离开他，叫他摔下去，扭断脖子。

克瑞穆罗斯：

  那就快动手吧。

财　神：

     别呀！

克瑞穆罗斯：

     那你就说吧！

财　神：

  要是你们知道了我是谁，我确信

  你们定会虐待我，不会放了我。

克瑞穆罗斯：

  天神在上，你要是想走，我们就放了你。

财　神：

75 你们现在先松手！

一　正义与贫穷

克瑞穆罗斯：

　　　　　　好，我们松手。

财　神：

你俩听着，我认为有必要

说出我打算隐瞒的事了：

我就是财神。[1]

克瑞穆罗斯：

　　　　　　坏透了的家伙，

所有人中最坏的，你是财神，却一言不发。

卡里翁：

你是财神，这么可怜的样子？　　　　　　80

福波斯啊，阿波罗啊，天神啊，神灵啊，

宙斯啊，你说什么？你真的是他吗？

财　神：

　　　　　　　　　　　是的。

克瑞穆罗斯：

是他本人吗？

1　原文 Plutus，与剧名同，本文统一译作"财神"。

财　神：

　　　　是他本人！

克瑞穆罗斯：

　　　　那你从哪儿来，说吧，这样蓬头垢面？

财　神：

　　　　我从帕特洛克勒俄斯那儿来，他生下来就没洗过澡。[1]

1　"帕特洛克勒俄斯"是雅典的一个富人，不过他为人非常吝啬、贪婪和小气。

主仆二人对财神的样子感到非常吃惊，不相信这就是财神本人。同样，这可能也会让现代的观众和读者震惊。财神本来是要给人带来财富的，可他自己却一无所有，甚至蓬头垢面，可怜兮兮。财神，意味着首先自己富足，然后才可能给别人带来财富，倘若自己也一贫如洗，怎能让人变富？但很快，我们就可以理解，财神的样子不只是剧情所需，也比较符合财富的精神本质。现实生活中，一心求财的人，或许精神上就是匮乏的、吝啬的、不修边幅的。此外，最令人震惊和搞笑的是，财神是瞎

一　正义与贫穷

克瑞穆罗斯：

可你怎么遭受这个厄运的？给我说说。

财　神：

宙斯干的，他嫉妒凡人。

我还是个孩子的时候，就夸口说只到

正义的、聪明的、规矩的人

那里去，他就把我弄成个瞎子，　　　　　　　　90

叫我无从分辨，

他就这么妒忌好人！

克瑞穆罗斯：

可崇拜他的只有好人

和正义的人呀。[1]

的。但这一点也合乎情理，正因为财神眼瞎，才让不义之徒富裕，正义之人贫穷。

1　财神开始为自己辩白，说他之所以这个样子完全是拜宙斯所赐，因为他小时候曾许愿要扶持正义，遭到宙斯妒忌，宙斯便把他弄瞎了。换言之，宙斯不允许正义的人和好人得到财富。为什么？克瑞穆罗斯无法理解这一

财　神：

　　　　我同意你。

克瑞穆罗斯：

　　　　　　怎么样？

95　　要是你重见光明，跟以前一样，

　　你会避开坏人吗？

财　神：

　　　　我会的。

克瑞穆罗斯：

你会去正义的人那儿吗？

点，最正义的事不就是好人应该有好报？宙斯享受正义人和好人的祭祀，却不给他们回报。按照克瑞穆罗斯虔诚的逻辑，宙斯如果不保护好人，还值得崇拜吗？其实，财神后来的一句话揭示出金钱的绝对腐蚀性（第107—109行），同时也证明宙斯的确值得尊敬，因为好人一旦有钱就会变坏，要想让好人和正义的人持守好和正义，就不能让财神靠近他们。

一　正义与贫穷

财　神：

　　　　　　　肯定会！

我很长时间没看到过他们了。

克瑞穆罗斯：

不奇怪，我这个看得见的人也没看到过。

财　神：

现在放了我吧，既然你俩已知道了我的事。　　　*100*

劝说财神跟他回家

克瑞穆罗斯：

不，宙斯在上，我们更得抓牢你。

财　神：

我不是说过，你们打算

找我麻烦吗？

克瑞穆罗斯：

　　　　　我求你听我劝，

小要离我而去，你找不到比我

作风更好的人。　　　　　　　　　　　　*105*

财 神

卡里翁：

宙斯在上，除了我之外。

财　神：

所有人都这么说，可一旦他们

真的碰到我，变成了富人，

又会毫无界限地干坏事。

克瑞穆罗斯：

110　你说得对，可不是所有人都是坏人。

财　神：

不，宙斯在上，全都是！[1]

1　克瑞穆罗斯知道财神的身份后，更不愿意放他走，因为他已初步证实了自己对神谕的理解：阿波罗直接把财神送给了他。他应该继续紧守神谕的字面含义，一定要把财神带回家去，如此，自己和家人就能得到正义的回报。

财神不愿留下，克瑞穆罗斯给出第一个理由，既然财神愿意跟正义的人在一起，那就不应该远离他，因为他作风最正派：他就是最正义的人。财神丝毫不信，因

一　正义与贫穷

卡里翁：

　　　　　　你会吃个大苦头！

克瑞穆罗斯：

你会知道，要是留在我们身边
会有什么好处，你用心听着：
因为我相信，我相信有了神的应许，
我就可以把你从眼疾中解放出来，　　　　115
让你看得见。

财　神：

　　　　别干这事，
我不想重见光明。

克瑞穆罗斯：

　　　　你说什么？

为他知晓所有人的共性：没有人会认为自己不正派，而且，不管是谁，有钱之后都会变坏。财神信奉的是，财富绝对腐败人心。他的回答无疑证实了克瑞穆罗斯的生活经验：正义与财富难以兼得。

卡里翁：

　　这人天生是个可怜虫！

财　神：

　　宙斯要是知道了这些傻事，我知道

　　他会惩罚我的！

克瑞穆罗斯：

　　　　　　　　他现在不就在惩罚你吗，

　　让你跌跌撞撞四处流浪？

财　神：

　　我不知道，我怕他得很。

克瑞穆罗斯：

　　真的吗？所有神灵中最胆小的神啊，

　　你认为宙斯的政权

　　和霹雳还值三块钱吗，[1]

---

　　1 "三块钱"，原文为三个"欧波罗"。欧波罗是古希腊的一种币值单位，1个欧波罗相当于8个铜板，6个欧波罗=1德拉克玛。雅典普通人一天的收入大概是4个欧波罗，参加一次公民大会可得3个欧波罗，相当于普通

一　正义与贫穷

要是你看得见了，哪怕就一小会？

财　神：

啊？别这么说，你这个坏家伙！

克瑞穆罗斯：

　　　　　　　放宽心！

我会让你知道，你比宙斯

强大得多！[1]

财　神：

你是说我？

三口之家一天的伙食费。

1　抛开正义，克瑞穆罗斯给出留下财神的第二个理由：他承诺要把财神治好。他从财神的角度出发，展示财神留下可以得到的好处。财神还是不愿意，因为他不敢违背宙斯的意愿，担心受到宙斯惩罚。这时，克瑞穆罗斯彻底转变了对待宙斯的态度，说宙斯不值得害怕，因为宙斯的权力和能力无法与财神相提并论。从怀疑宙斯到否定宙斯，克瑞穆罗斯没有意识到，他本人也因为渴望财富而逐渐失去了虔敬。

克瑞穆罗斯：

　　　　　　　　　　　是的，对天发誓！

（向卡里翁）

130　　比如，宙斯靠什么统治天神？

卡里翁：

　　靠银子呀，他最有钱。

克瑞穆罗斯：

　　　　　　　　　　那么，

谁给他提供这些银子？

卡里翁：

　　（指着财神）　　　这家伙。

克瑞穆罗斯：

　　人们为什么给他献祭？还不是因为这家伙？

卡里翁：

　　是的，宙斯在上，人们直截了当求发财。

克瑞穆罗斯：

135　　既然是这家伙的缘故，那他就很容易

　　阻止，只要他愿意。

一 正义与贫穷

财　神：

　　怎么阻止？

克瑞穆罗斯：

　　人们就别再献祭了，

　　什么公牛啊，大麦耙啊，或别的什么，

　　要是你不愿意。

财　神：

　　怎么会？

克瑞穆罗斯：

　　　　　　怎么会？要不是你，

　　人们怎么买？要是你本人不在，　　　　　　　*140*

　　不给银子？所以你比宙斯

　　强大，要是他找你麻烦，你一人就能解决。

财　神：

　　你说什么？人们因为我才给他献祭？[1]

1　克瑞穆罗斯证明财神强于宙斯的第一个证据，是直接揭示普通人敬神的实质，即人们献祭不是因为宙斯值得尊敬和效仿，而是为了得到更多的财富。这些财富

克瑞穆罗斯：

是的！

宙斯在上，把光明、美好

或快乐带给人类的东西，都因你而成，

因为一切都服从于财富。[1]

是财神提供的，所以财神比宙斯强大。

1　财神比宙斯强大的第二个证据是，除了宗教生活，世俗生活的方方面面也都由财神控制和主导。奴隶、妓女、娈童，这些底层人都是为了钱才出卖身体；做鞋、制革、造铜、修船、洗涤等一切技艺也是因为钱才得以发明；公民大会、战争、政客等一切政治活动也全都是因为钱才发生。财富似乎渗透了人类生活的一切，无论好的还是坏的。此时，我们已经注意到，克瑞穆罗斯在抬高财神的同时，无疑剥夺了财神之外所有天神的权威。可能，在他心里，除了阿波罗，就只有财神了，另参第251行。《财神》是阿里斯托芬笔下神出场最多的剧本。阿波罗、财神和医神，缺一不可，少了任何一个都不能实现克瑞穆罗斯的计划。

一 正义与贫穷

卡里翁：

我就是因为一小块银子

成了奴隶,因为我也同样不富裕。

克瑞穆罗斯：

有人说科林斯的妓女们,

要是碰巧某个穷人看上了她们,   *150*

她们就爱答不理,但若是某个富人,

她们就直接拿屁股对向他。

卡里翁：

还有人说,做那种事的孩子,

也不是为了爱情,而是为了银子。

克瑞穆罗斯：

你说的那些不是好孩子,而是娈童,   *155*

好孩子要的不是银子。

卡里翁：

            那要什么?

克瑞穆罗斯：

有的要一匹好马,有的要几条猎狗。

卡里翁：

因为不好意思要银子，

才以什么名义掩盖恶行吧。

克瑞穆罗斯：

（向财神）

160　世间的一切技艺和计谋

都是因为你而得以发明，

我们中有人坐着做皮鞋。

卡里翁：

有人制铜，有人造船。

克瑞穆罗斯：

有人从你那儿拿了金子铸金币。

卡里翁：

165　有人抢衣服，宙斯在上，还有人当强盗。

克瑞穆罗斯：

有人洗衣服。

卡里翁：

　　　　有人洗羊毛。

克瑞穆罗斯：

有人制革。

卡里翁：

　　　　有人卖葱。

克瑞穆罗斯：

有被捉住的奸夫因为你只被拔光了毛。[1]

财　神：

哎呀，我以前都不知道这些！

卡里翁：

波斯大王不是因为你才骄傲自大的吗？

克瑞穆罗斯：

公民大会不是因为你才开的吗？[2]

卡里翁：

怎么？不是你装备的战舰吗？告诉我。

---

[1]　奸夫被捉住会判死刑，但如果给钱贿赂，就可以只"拔掉身上的毛"。

[2]　雅典人不愿去开会，尤其在战争期间，后来政府把津贴涨到三个欧波罗，大家才争先恐后去开会。

克瑞穆罗斯：

科林斯的雇佣军不是你养的吗?

卡里翁：

帕谟斐罗斯不是因为你才哭鼻子的吗?

克瑞穆罗斯：

那卖针的不也跟着帕谟斐罗斯吃了苦头?[1]

卡里翁：

阿古里俄斯不是因为你才大放臭屁的吗?

克瑞穆罗斯：

菲勒普西俄斯不是因为你才编故事的吗?

卡里翁：

不是因为你才跟埃及结盟的吗?

克瑞穆罗斯：

拉伊斯不是因为你才爱斐罗尼得斯的吗?

---

1 "帕谟斐罗斯"是雅典政客，也是个将军，因贪污公款被没收了财产。"卖针的"，即阿里斯托克塞诺斯，是个针贩，也是帕谟斐罗斯养的食客。

一 正义与贫穷

卡里翁：

提摩特俄斯的塔——[1]

克瑞穆罗斯：

（向卡里翁）

       但愿它倒在你身上！   *180*

（向财神）

所有事情不是因为你才发生的吗？

你是这一切唯一的原因，

所有坏事和好事，你要清楚这一点。

卡里翁：

就是在战争中，这家伙每回坐在哪一边，

哪一边就会占上风。   *185*

---

1 "阿古里俄斯"是雅典的一个政客，这里攻击他为同性恋；"菲勒普西俄斯"，也是雅典的一个政客，靠编造谎言侵污公款；"拉伊斯"是科林斯的一个名妓；"斐罗尼得斯"，是个奇丑无比但非常富有的人；"提摩特俄斯"是喀隆的儿子，他最近继承了一笔遗产，建造了一个高塔。

财　神：

　　就我自己，能做出这些事？

克瑞穆罗斯：

　　是的，宙斯在上，能做的还多得很。

　　所以，从未有人对你满足，

　　他们对其他事倒还满足，

　　比如爱欲。

卡里翁：

　　　　　　面包。

克瑞穆罗斯：

　　　　　　　　诗歌。

卡里翁：

　　　　　　　　　　点心。

克瑞穆罗斯：

　　荣誉。

卡里翁：

　　　　大饼。

克瑞穆罗斯：

　　　　　　英勇。

一　正义与贫穷

卡里翁：

    无花果干。

克瑞穆罗斯：

 进取心。

卡里翁：

    大麦粑粑。

克瑞穆罗斯：

    将才。

卡里翁：

      扁豆羹。

克瑞穆罗斯：

但绝不会有人对你满足。

要是有人得了十三个塔兰同，[1]

1　"塔兰同"也是古希腊的一种币值单位，1塔兰同的钱币就是1塔兰同重的银子，含60个米那，而每个米那=100德拉克马，而1德拉克马=6个欧波罗。因此，1塔兰同=36 000个欧波罗，相当于我们的288 000个铜板；另参第125行。

195   他就得寸进尺,想得十六个塔兰同,

        要是他得到了呢,就又想要四十个塔兰同,

        否则他就会说过着难以忍受的生活。

财 神:

  你俩对我说得都很对!

  我只怕一件事。

克瑞穆罗斯:

        你说,什么事?

财 神:

200   我怎么使用你们说的

        我所拥有的能力,我将成为这能力的主人?

克瑞穆罗斯:

  宙斯在上,所有人都说,

  财神最胆小。

财 神:

        不是,这是

  强盗诽谤我,他潜入别人家,

205   发现所有家什都锁着,

  什么也拿不到,

一　正义与贫穷

就把我的先见之明称为胆小。

克瑞穆罗斯：

你现在别担心，你若是个

热心的男人，对待这件事，

我就让你看得见，比林叩斯还眼尖。[1] 210

财　神：

你怎么能做到，你是个凡人？

克瑞穆罗斯：

我从福波斯的话中得到很好的希望，

他是摇着皮托的月桂树对我说的。[2]

财　神：

他也知道这些事？

1　"林叩斯"是阿尔戈斯的国王，拥有世界上最敏锐的视力，甚至能看到阴间之物，视力如夜猫。

2　这句话可能引自某出肃剧。据说，德尔斐神庙里有一棵月桂树，当阿波罗前来或开口说话的时候，枝叶就会抖动。所以，可以把阿波罗说的话当成是"月桂树的回应"。

克瑞穆罗斯:

是的!

财　神:

215　你们要当心!

克瑞穆罗斯:

一点也别担心,好朋友!

我这个人,你很清楚,就算要了我的命,

我也要把它办成!

卡里翁:

要是你愿意,我也是!

克瑞穆罗斯:

还有很多人会是我俩的盟友,

那些有正义却没大麦片的人。

财　神:

220　哎呀!你说的是我们穷苦的盟友啊!

克瑞穆罗斯:

不穷,要是他们又有了钱。[1]

1　我们并不确定这些人的具体身份,很可能是财神

一 正义与贫穷

（向卡里翁）

你去，快跑——

卡里翁：

　　　　做什么？说吧。

克瑞穆罗斯：

召集那些一起耕地的人，你会发现他们可能

正在田里辛苦劳作，

叫他们每个到这儿来的人　　　　　　　　225

都跟我们一起从财神那儿分一份。[1]

卡里翁：

我这就去，但从家里

叫个人来把这块肉拿回去吧。[2]

眼瞎前帮助过的正义的有钱人。就克瑞穆罗斯目前的状况来说，他的朋友几乎都是穷人。

[1] 到这里，我们了解到，克瑞穆罗斯所谓"正义的穷人"，只是与他一起在田间劳作的穷苦农民，不包含生意人、匠人和从事其他职业的人。

[2] 他从德尔斐神店拿回的祭肉。

财　神

克瑞穆罗斯：

　　我来关照这事儿,你跑去办吧!

　　(向财神)

230　　你,一切神灵中最强大的财神,

　　与我一起进到里面去吧:因为就是这一家,

　　你得让它充满财富,就今天,

　　不管你做得正不正当。[1]

财　神：

　　但是,天神在上,

235　　我每次进别人家都很懊恼,

　　因为我从未带走一点好处。

　　要是我碰巧进了一个吝啬鬼家,

---

[1] 克瑞穆罗斯一开场就说自己是正义且虔敬的穷人,其作风与本地人格格不入,但遇到财神后,他开始质疑宙斯,甚至贬低宙斯,他已逐渐丧失原有的虔诚而不自知。此处,我们发现,他的性情再次发生细微的转变:财神来了,就一定会有钱,至于用何种方式,他不关心。这一次,他似乎逐渐失去了所谓的正义。

他会立刻把我埋在地底下，

要是某个好人，他的朋友来

求他借点银子， *240*

他就会否认曾经见过我。

要是我碰巧进了一个傻子家，

他就会把我扔给妓女和骰子，

一会儿工夫我就被剥光衣服赶出门。

克瑞穆罗斯：

那是因为你从未碰到过有分寸的人， *245*

我就总是这样的作风，

我乐于节俭，无人可及，

反过来，该花钱的时候也花。

不过，我们进去吧，我想让你见见

我的妻子和我唯一的儿子， *250*

他是我最爱的人，在你之后。

财　神：

　　　　　　　　我信！

克瑞穆罗斯：

谁能不对你说真话呢？[1]

（财神与克瑞穆罗斯进屋，二人同下）

1　克瑞穆罗斯说，财神是他最爱的神，我们可以把这理解为恭维话，是他让财神留下来的托词，但这足以引发我们思考他的虔敬。倘若他只爱财神，连宙斯都可以反对，那么阿波罗在他心里又排怎样的位置？正是因为对生活的质疑，他才去找阿波罗，正是听信了阿波罗的神谕，他才发现了财神，他现在千方百计把财神留在身边，也是在践行阿波罗的嘱咐。可是，他显然只听从了阿波罗一部分建议，因为阿波罗没有告诉他财神是瞎的，也没有告诉他可以违背宙斯的意愿，把财神治好。克瑞穆罗斯在追求财富的路上，已经不那么虔敬也不那么正义了，那他绝对正义的理想还能实现吗？

一　正义与贫穷

进　场

（卡里翁上，后面跟着歌队长和歌队）

邀请歌队

卡里翁：

> 长期与我主人一起吃百里香的人啊，[1]
> 朋友们，乡亲们，爱干活的人啊，
> 来吧！赶快，抓紧，时不我待，　　　　　　　　　　255
> 现在到了紧要关头，需要你们来支援！

歌队长：

> 你没看到我们早就兴冲冲地赶来了？
> 看来我们已年老力衰了呀。
> 你觉得我这么跑合适吗，在你告诉我
> 你主人召集我到此是什么缘故之前？　　　　　　　260

1　百里香是穷人常用的调味品。

卡里翁：

我不是早就说了吗？是你没听见。

我主人说，要让你们所有人

都过上一种快乐的、摆脱饥寒交迫的生活。

歌队长：

那是什么生活？他说的事怎么可能？

卡里翁：

265　穷苦的人啊，他带来了一个老头儿，

邋遢、驼背、可怜，皱皱巴巴，秃顶豁牙。

我猜想，对天发誓，他肯定割过。

歌队长：

带来金子般消息的人，你说什么？再说一遍。

显然，这人带着一大堆钱来。

卡里翁：

270　我倒觉得他带的是一大堆老年的不幸。

歌队长：

你难道以为骗了我们以后还能逃脱惩罚？

我可带着拐杖！

一 正义与贫穷

卡里翁：

你完全把我当成天生就是那样的人了,

你认为我一句真话都不讲?

歌队长：

这无赖多么傲慢!你的腿正

"哎哟,哎哟"地叫唤,想要足枷和镣铐。

卡里翁：

你现在抽中了到棺材里判案的签,

还不去吗?喀戎把陪审证都给你了。[1]

---

1 雅典法律规定,凡年满30周岁的公民,都可以通过抽签参与陪审。在谐剧中,老年人尤为积极,因为陪审结束后可以领到三块钱的津贴,够支付三口之家一天的生活费。"陪审证"是一根短棍,陪审员入庭时领取,陪审结束后凭这证物领取陪审津贴。"喀戎"是灵魂的摆渡者。歌队长之前警告卡里翁不要骗他,卡里翁说奴隶也会讲真话,歌队长就说他傲慢,威胁要用法律手段惩罚他,卡里翁拒绝接受他的审判,便叫他到棺材里去审判,还说喀戎已经来接他了,实际上是骂歌队长行

歌队长：

去死吧！你这个蛮子！天生的流氓，[1]

280 你哄骗我们，却忍着不告诉我们。

我们精疲力竭，没有空闲，兴冲冲

赶到这里，荒废了很多百里香的根！

卡里翁：

那我就不再隐瞒，好汉们，

我的主人带来的是财神，

285 他会让你们成为富人。

歌队长：

此话当真？我们所有人都会成为富人？

卡里翁：

天神在上，你们若长出驴耳朵就是弥达斯！[2]

将就木。

1 "蛮子"，斯巴达用它来称呼自由人与女奴生的孩子。

2 "弥达斯"是小亚细亚的一个国王，酒神曾赐予他点石成金的本领，他的手指接触到的任何东西都会变

一 正义与贫穷

歌队长：

我多么开心，多么高兴，我想

愉快地跳舞！如果你说的这些是真的！

（卡里翁和歌队一起边唱边跳）

歌队进场歌

（第一曲首节）

卡里翁：

我也想跳，忒楞楞！我模仿那个独目巨人呀，　　290

领着你们，踮着脚，这样摇来摇去呀。

来呀，孩子们，咩咩地叫呀，

唱着小羊、山羊和膻臭味的歌呀，

割了包皮的，跟着我呀！

公羊们，你们会去吃早餐呀！　　295

成金子。后来，因为他心爱的女儿也被他变成了金子，他就请求酒神收回这个能力。失去金手指能力的弥达斯成了林神潘的信徒。一次，潘与阿波罗比赛竖琴，弥达斯坚持认为潘演奏得更好，阿波罗就把他的耳朵变成了驴耳朵。

财 神

(第一曲次节)

歌队长:

我们便要找到,忒楞楞,你这独目巨人呀!

我们咩咩地叫,捉住你这饥肠辘辘的家伙呀,

口袋里装着田野带露珠的蔬菜,酩酊大醉呀,

领着你的小羊呀,

随地而卧呀,

我们拿起一根烧着的大棒,刺瞎你的眼睛呀。

(第二曲首节)

卡里翁:

我是搅拌毒药的基尔克呀,

她曾在科林斯劝诱斐罗尼得斯的同伴呀,[1]

叫他们像公猪一样呀,

---

1 斐罗尼得斯是个普通的雅典人,并非奥德修斯或其同伴的名字,卡里翁在此把基尔克比作科林斯妓女,搞笑的说法;另参第179行及其注释。

一　正义与贫穷

吃她亲自揉好的粪团呀，　　　　　　　　　　　*305*

我要完全模仿这一切呀：

小猪们，欢欢喜喜呀，

跟着妈妈咕噜咕噜呀！

（第二曲次节）

歌队长：

我们便要捉了你这搅拌毒药的基尔克呀，

你迷惑并诱奸了我们的同伴呀，　　　　　　　*310*

我们要欢欢喜喜呀，

模仿拉埃尔特斯的儿子呀，

吊起你的蛋蛋，像公羊那样给你鼻子抹屎呀，

你会像阿里斯堤罗斯那样轻轻张嘴说话呀！

小猪们，跟着妈妈呀！[1]　　　　　　　　　　*315*

1　"阿里斯堤罗斯"是个比较荒淫的人，喜欢舔人屁股。"像阿里斯堤罗斯那样轻轻张嘴说话"，是说他嘴里塞满了屎，不能开口说话。

（第二曲末节）

卡里翁：

不过现在，来吧，大伙停止调笑，

变成另一种样子吧！

我想偷偷地

背着我的主人，

拿点面包和肉，

嚼完之后好苦干！[1]

---

1 这两段进场歌非常有趣，第一曲和第二曲各自用了荷马《奥德赛》中的一个典故。

第一曲，卡里翁把自己比作独目巨人波吕斐摩斯，把歌队比作羊群。他领着歌队回家，就像独目巨人领着羊群回山洞一样。歌队听了，不愿作羊群，要作奥德修斯，好把独目巨人的眼睛刺瞎。这就呼应了盲眼的财神，唱词与剧情相得益彰。

第二曲，卡里翁把自己比作基尔克，把歌队比作猪群，他领着歌队回家，就像基尔克给奥德修斯的同伴下了药，把他们变成猪领回去一样。歌队听了，不愿作猪群，还是要作奥德修斯，好救出自己的同伴。奥德修斯

一 正义与贫穷

（卡里翁下）

之所以能够躲避猪变的灾难，是因为赫耳墨斯出现并教给他有关摩吕草的知识，让他无惧基尔克的毒药。这里为赫耳墨斯后面出场埋下伏笔，前后剧情遥相呼应。

二 私人愿望与公共计划

[题解] 克瑞穆罗斯热情欢迎平日里与他同甘共苦的老朋友们,要他们帮忙,证明他们现在就是财神的救主。老农们非常信任克瑞穆罗斯,表示愿意与他一起保卫财神(第323—334行)。

克瑞穆罗斯即将变富的消息不胫而走,引来了布勒普西德谟斯。他迅速赶来质问财富的来历。布勒普西德谟斯怀疑,克瑞穆罗斯要么是偷,要么是抢,要么是骗,否则怎么穷儿乍富?克瑞穆罗斯告诉他,他没做任何为非作歹的事,只是得了财神,但在和所有正义的人分享财富之前,他要先把财神的眼睛治好。布勒普西德谟斯提议找个医生,可雅典目前找不到公医,克瑞穆罗斯决定送财神去医神庙睡一晚,布勒普西德谟斯觉得可行,并催促他赶紧去办(第335—414行)。

二　私人愿望与公共计划

阿里斯托芬上演的最后两个剧本(《公民大会妇女》和《财神》)皆为旧谐剧向新谐剧的转型之作,最明显的特征就是在结构上有两个大的调整:

(1)取消了插曲;

(2)没有明显的对驳。

其次是内容,即从政治讽刺剧变为了社会风俗剧。

"插曲"和"对驳"是旧谐剧的典型特征。歌队在"插曲"部分可以脱下戏服,扮演谐剧诗人,代表诗人表达对城邦的意见并给邦民以劝导。在"对驳"部分,歌队可以与主人公(或歌队分成两半)就剧中涉及的主题进行辩论。取消这两个部分,说明歌队的作用在逐渐淡化。

《财神》的第二场几乎充当了"对驳"的功能,克瑞穆罗斯与穷神就"该不该消除贫穷"进行了一场大辩论。

穷神闻讯赶来,她的存在遭到威胁,要把克瑞穆罗斯和布勒普西德谟斯绳之以法。得知穷神的身份后，布勒普西德谟斯吓得四处逃窜，克瑞穆罗斯提醒他不要忘记财神的力量。穷神指控说，他俩要把穷神赶走是对人类犯下的最大罪行，她主动提议，要用言辞证明，克瑞穆罗斯让所有正义人富起来的计划是个错误。

克瑞穆罗斯首先提出正方观点：好人交好运天经地义，让正义人富有是对人类最大的好处。穷神反驳说，取消了贫穷，就取消了一切技艺和钻研技艺的智慧，贫穷（自然匮乏）才是创造财富的动力。克瑞穆罗斯说，就算劳作是出于生活所迫，但贫穷本身只能给人带来贫困，让人一无所有。穷神争辩说，一无所有的是乞丐，不是穷人，穷人有且仅有生活必需品，不多也不缺。贫穷究竟是"有"还是"匮乏"，穷神的说法自相矛盾，克瑞穆罗斯赢得了首辩（第415–556行）。

穷神提出反方观点：贫穷才能让人更正义。首先，贫穷让人保持身材，勇于作战；其次，贫穷让人循规蹈矩，不会干违法乱纪的事，尤其不会窃国卖国，不会与城邦和人民为敌。克瑞穆罗

二　私人愿望与公共计划

斯无法反驳，穷神赢得了次辩（第557-575行）。

克瑞穆罗斯最后反击，就算穷神能让人在身心方面都更好，但贫穷本身令人反感。穷神反驳说，凡是让人感到有约束的力量，都容易让人躲避，克瑞穆罗斯举宙斯来反驳。宙斯能够约束人，但人们却亲近他，而且他也有钱。穷神反驳说，宙斯没钱，不然他就会给奥林匹克运动会的获胜者颁发金子做的花冠，而不是野橄榄做的花冠。克瑞穆罗斯说宙斯不是不想给，而是节约，穷神反过来指责克瑞穆罗斯说宙斯吝啬且贪婪，是渎神。克瑞穆罗斯又无法反驳，穷神赢得胜利（第576-592行）。

克瑞穆罗斯辩不过穷神，只好强行赶走她。穷神走后，克瑞穆罗斯和布勒普西德谟斯做好准备，送财神去医神庙（第592-626行）。

第 一 场

克瑞穆罗斯与歌队结盟

（克瑞穆罗斯从屋里出来）

克瑞穆罗斯：

说"你们好，乡亲们"，

已经老掉牙了，说"欢迎你们"也过时了，

我要拥抱你们，因为你们兴冲冲赶来，

325　是热情洋溢而非漫不经心。

站在旁边帮助我的人啊，

向我证明你们就是财神的救主吧！

歌　队：

放心！你就直接把我看成是战神。

因为，我们为了那三块钱，

330　每回都在公民大会上挤来挤去，

我要是让人把那财神带走，那才怪哩！

二 私人愿望与公共计划

克瑞穆罗斯：

真的，我瞧见布勒普西德谟斯朝这儿[1]
走来了。他显然听说了这件事，
从他走路的样子和速度就知道。

说服布勒普西德谟斯

（布勒普西德谟斯上）

布勒普西德谟斯：

怎么回事？什么时候？什么方式？   *335*

克瑞穆罗斯一下就变富啦？我不信。

但是，赫拉克勒斯在上，

坐在理发店的人都传开了，

说这小子一下子就成了富人。

有一点我觉得奇怪，   *340*

他交了好运，却把朋友请来。

---

1 "布勒普西德谟斯"，这个名字的字面含义是"监督人民"。

他干的事不是本地风俗。[1]

克瑞穆罗斯：

我会说的，什么也不隐瞒，天神在上！

布勒普西德谟斯，我们过得比昨天更好了，

你也可以来分享，因为你也是我的一个朋友。

布勒普西德谟斯：

你真的成了富人，像大家说的那样？

克瑞穆罗斯：

我很快就是啦，只要神愿意。

---

[1] "本地风俗"，让我们想起阿波罗在开场的神谕，要克瑞穆罗斯的儿子跟随本地人，做一个不正义的富人。布勒普西德谟斯说，克瑞穆罗斯干的事不是本地风俗，因为他自己富了却叫了很多朋友。这就表明，普通的富人不会有很多朋友，尤其发家之后，更不会想到以前的朋友。布勒普西德谟斯怀疑，克瑞穆罗斯要把自己的财富分给朋友，如果自己也算克瑞穆罗斯的朋友，说不定能分一份？作为"人民的监督者"，他首先把自己的"朋友"监督起来。

二 私人愿望与公共计划

因为这件事里还有个危险。

布勒普西德谟斯:

什么危险?

克瑞穆罗斯:

  好比——

布勒普西德谟斯:

    你说完,接着说。

克瑞穆罗斯:

如果我们成功,就会永远幸运,   *350*

如果我们失败,就会彻底毁灭!

布勒普西德谟斯:

这担子似乎有点重,

不讨喜。忽然暴富,

又这么担惊受怕,似乎

这小子没干什么诚实的事!   *355*

克瑞穆罗斯:

没干什么诚实的事?

布勒普西德谟斯:

    宙斯在上,你是

克瑞穆罗斯：

  在哪儿偷了银子还是金子，

  从神那里？然后后悔了吧？

克瑞穆罗斯：

  驱邪神阿波罗啊，宙斯在上，我没有！

布勒普西德谟斯：

360 别废话，好朋友，我清楚得很！

克瑞穆罗斯：

  你别把我想成那样！

布勒普西德谟斯：

       唉！

  没有真正诚实的人，一个都没有，

  他们全都顶不住利益。

克瑞穆罗斯：

  德墨忒耳在上，我看你有些神志不清。

布勒普西德谟斯：

  （向观众）

365 这多么不像他以前的作风！

克瑞穆罗斯：

  你疯了，朋友，我对天发誓！

二 私人愿望与公共计划

布勒普西德谟斯：

（向观众）

他的眼神飘忽不定，

显然是干了什么坏事。

克瑞穆罗斯：

我明白你嚷嚷什么，你以为我偷了东西，

企图分一份。

布勒普西德谟斯：

     我企图分一份？分什么？   *370*

克瑞穆罗斯：

事情不是这样，而是另有隐情。

布勒普西德谟斯：

不是你偷的，难道是你抢的？

克瑞穆罗斯：

     你中邪了吧！

布勒普西德谟斯：

你也没骗人钱财？

克瑞穆罗斯：

我当然没有！

布勒普西德谟斯：

> 赫拉克勒斯啊,我还能
375 　往哪里想?既然你不愿说实话。[1]

克瑞穆罗斯：

> 你还没搞清楚我的事就来控告我。

布勒普西德谟斯：

> 好朋友,我愿意用一点点代价
> 结束这件事,在城邦知道之前,
> 花点小钱堵住政客们的嘴。

克瑞穆罗斯：

380 　天神在上,我看你真是好心地
　　花了三米那,却算我十二米那吧![2]

1　在布勒普西德谟斯看来,一夜暴富无非三种途径:偷、抢、骗。克瑞穆罗斯都否认了。对一个时常监督人民的人来说,这就是他理解的发财之道:财富不是与正义绝缘,而是对立。

2　这是很大一笔钱,绝不是布勒普西德谟斯说的几个小钱,克瑞穆罗斯不信任他,担心他狮子大开口。在

二 私人愿望与公共计划

布勒普西德谟斯：

我看见某个人坐在讲坛上，

拿着乞援的橄榄枝，带着孩子

和妻子，没有一丝不像

潘菲罗斯画的《赫拉克勒斯的孩子们》。[1]　　　　385

克瑞穆罗斯：

不，你这中了邪的人！我只让那些好人、

聪明人、明智的人

完全富有。

布勒普西德谟斯：

　　　你说什么？

你偷了这么多？

古希腊，1 米那 =100 德拉克玛，60 米那 =1 塔兰同，1 德拉克玛 =6 个欧波罗；另参第 125 行及其注释。

1　在雅典法庭，被告为自己辩护时一般会扮可怜，尤其会手持橄榄枝，让妻儿来哭一通，博取同情。布勒普西德谟斯假装看到克瑞穆罗斯接受审判的场景，此场景让他想起潘菲罗斯的瓶画《赫拉克勒斯的孩子们》。

克瑞穆罗斯:

    我真不幸啊!

390 你会害死我的!

布勒普西德谟斯:

    你会害死自己,依我看!

克瑞穆罗斯:

不!你这坏家伙,我是得了财神。

布勒普西德谟斯:

你得了财神?哪个财神?

克瑞穆罗斯:

    财神本人啊。

布勒普西德谟斯:

他在哪儿?

克瑞穆罗斯:

  在里面。

布勒普西德谟斯:

  哪里面?

克瑞穆罗斯:

    在我家。

二 私人愿望与公共计划

布勒普西德谟斯：

       在你家？

克瑞穆罗斯：

         当然！

布勒普西德谟斯：

 还不滚蛋？财神在你家？

克瑞穆罗斯：

       天神作证！

布勒普西德谟斯：

 你说的实话？

克瑞穆罗斯：

     是的。

布勒普西德谟斯：

     凭灶神起誓？   395

克瑞穆罗斯：

 凭波塞冬起誓！

布勒普西德谟斯：

     你是说海神？

克瑞穆罗斯:

要是有另一个波塞冬,就凭另一个起誓!

布勒普西德谟斯:

那你还不把他送到朋友们那儿去?

克瑞穆罗斯:

事情还没到那一步。

布勒普西德谟斯:

    你说什么?

400 还没到分配那一步?

克瑞穆罗斯:

      没,宙斯在上!得先——

布勒普西德谟斯:

          什么?

克瑞穆罗斯:

我俩得让他看得见——

布勒普西德谟斯:

      让谁看得见?你说。

克瑞穆罗斯:

想方设法让财神跟以前一样。

二 私人愿望与公共计划

布勒普西德谟斯：

他是瞎的？

克瑞穆罗斯：

是的，对天发誓！

布勒普西德谟斯：

难怪他从未来过我身边。

克瑞穆罗斯：

如果神们愿意，他现在就会来。 *405*

布勒普西德谟斯：

不用请个医生来吗？

克瑞穆罗斯：

城邦现在哪儿有医生？

没有薪金就没有技艺。[1]

布勒普西德谟斯：

我们询问询问吧！

---

1 这里指领取政府薪水的公医，公医享受政府的津贴，免费给人治病，目前因战争停发了津贴。

财　神

克瑞穆罗斯：

　　　　　　没有。

布勒普西德谟斯：

　　　　　　我看也没有。

克瑞穆罗斯：

410　　宙斯在上，我早就在想，

　　最好是让他到阿斯克勒比奥斯庙里

　　去睡一晚。[1]

布勒普西德谟斯：

　　　　　　这最好不过，诸神在上，

　　那就别磨蹭，快去办吧！[2]

1　"阿斯克勒比奥斯"是医神，太阳神阿波罗之子。

2　与克瑞穆罗斯初次得知财神是瞎子的反应一样，布勒普西德谟斯也很震惊，但他马上认可了这一点，财神肯定是瞎的，不然怎么从不光顾他。财神为什么应该光顾他？因为他觉得自己也是正义的人，财神光顾的都是不正义的人，否则不会眼瞎。他似乎已经恢复了对克瑞穆罗斯的信任，他不再怀疑克瑞穆罗斯，也不怀疑财神

二　私人愿望与公共计划

克瑞穆罗斯：

　　我这就走。

布勒普西德谟斯：

　　　　你快点。

克瑞穆罗斯：

　　　　　　我正去干呢。

的确在克瑞穆罗斯家。他甚至不追问财神为何眼瞎，他只是同意跟克瑞穆罗斯一起帮助财神恢复视力。显然，他态度发生转变的原因在于，克瑞穆罗斯承诺分一份财富给他。这直接印证了布勒普西德谟斯本人的人品和他自己当初对人世下的判断：天下无诚实之人，一个都没有，全都顶不住利益。参第362–363行。

第 二 场

(克瑞穆罗斯和布勒普西德谟斯刚想离开,穷神就来了,他看起来比乞丐还要脏乱恐怖,把两人吓跑了)

穷神像个乞丐

穷　神:

415　　大胆包天,这种不洁不法的鲁莽事,
　　　　你俩也干得出来!中了邪的人啊——
　　　　哪里去?哪里去?为何逃?还不停下?

布勒普西德谟斯:

　　　　　　　　　　　　　赫拉克勒斯啊!

穷　神:

　　　　我要叫你们两个坏家伙不得好死!
　　　　你俩胆大妄为,不可饶恕,
420　　从来没有
　　　　哪个神或哪个人敢这么做,你俩罪该万死!

二 私人愿望与公共计划

克瑞穆罗斯：

你是谁呀？我看你面黄肌瘦。

布勒普西德谟斯：

是肃剧中的复仇女神吧，

她看起来有点疯狂和肃剧味儿。

克瑞穆罗斯：

不过，她没拿火把。

布勒普西德谟斯：

    那就叫她哭去吧！   *425*

穷　神：

你们认为我是谁？

克瑞穆罗斯：

    旅店老板娘，

或卖豆粥的。否则，我们没有对不起你，

你不会这么大喊大叫。

穷　神：

真的吗？你俩不是干了件最坏的事吗？

企图把我赶出所有地方？   *430*

克瑞穆罗斯：

那犯人坑不是留给你的吗？

不过，你是谁，得立即告诉我！

穷　神：

我是今天就要把你俩绳之以法的人，

我就是你俩企图让他从此消失的人！

布勒普西德谟斯：

435　你是我家附近的老板娘，

总用酒提子短我斤两吧？

穷　神：

我就是穷神，我同你俩一起住了很多年。[1]

---

[1] 穷神出场。得知她的身份时，克瑞穆罗斯和布勒普西德谟斯也非常吃惊，但穷神的打扮显然非常适合她的身份，只是比想象中的更恐怖，看起来像复仇女神。不仅如此，她一露面就以法官的方式宣布二人的罪名，说他们的计划既违反了神法又违反了人法，让财神恢复视力，是人神共愤的罪行。

二 私人愿望与公共计划

布勒普西德谟斯：

阿波罗主啊,天神啊,该往哪里逃?

(转身就跑)

克瑞穆罗斯：

你这是做什么?你这胆小的猎物!

还不停住?

布勒普西德谟斯：

    绝不!

(继续跑)

克瑞穆罗斯：

   你不停下?   *440*

两个大男人因为一个女人逃跑?

布勒普西德谟斯：

她可是穷神!坏家伙,没有比她

更害人的生物了。

克瑞穆罗斯：

站住!我求你了,站住!

布勒普西德谟斯：

    宙斯在上,我就不!

克瑞穆罗斯：

445　　我说真的，我们会干下一件

最骇人听闻的事，要是我俩把财神

扔一边，逃之夭夭，

害怕她，而不跟她干一仗！

布勒普西德谟斯：

我们有什么武器或兵力可以信靠？

450　　什么胸甲呀，什么盾牌呀，

不都叫这坏娘们给抵押了吗？

克瑞穆罗斯：

放心，财神一个人就知道

如何缴获她的东西作战利品。

穷　神：

还敢咕噜咕噜叫？你们两个废物，

455　　干坏事被当场捉住！

克瑞穆罗斯：

你这该死的无耻之徒！为什么跑来骂我们，

我们又没做什么对不起你的事？

二 私人愿望与公共计划

穷　神：

天神在上，你们认为

没有对不起我？你俩试图让财神

重见光明？

克瑞穆罗斯：

我们怎么对不起你了？　　　　460

我们设法给所有人

好处。

穷　神：

你们发现了什么好处？

克瑞穆罗斯：

什么好处？

首先把你赶出希腊！

穷　神：

把我赶出希腊？你俩认为，

还能干比这更害人的事吗？[1]　　　465

1　双方争执的焦点是：消除贫穷对人类来说，究竟是好事还是坏事。克瑞穆罗斯认为，没有比让全希腊实

克瑞穆罗斯：

> 更害人的事？
>
> 就是我们拖着忘了干这事！

穷　神：

> 真的，我想就此先向你俩说几句，
>
> 我会证明，我才是那个
>
> 所有好事的唯一原因，

470
> 你们是靠着我而活，要是我没能
>
> 证明这一点，就随你们怎么办！

现共同富裕的理想更好的事了，但穷神却认为，消除了贫穷，就消除了一切，因为贫穷是一切好事的根源。这个观点刚好与克瑞穆罗斯之前的看法相对，克瑞穆罗斯说服财神留下时声称，财神是一切好事和坏事的根源。克瑞穆罗斯为了鼓励财神，把财神捧上了至高无上的位置，但他并没有排除财神拥有最高权力后可能既会操纵好事也会引发坏事。现在，穷神把自己与坏事区分开，她只负责好事，说自己只是所有好事的原因。她想比财神更胜一筹。

二 私人愿望与公共计划

克瑞穆罗斯:

你这坏家伙,敢说这话?

穷 神:

你接受指教吧,我想我会很容易

向你证明,你全错了,

你说要让正义的人都成为富人! 475

克瑞穆罗斯:

刑杖和木枷哟,还不来帮忙?

穷 神:

你不该抱怨和叫唤,在没搞清楚之前。

克瑞穆罗斯:

谁能不"哎哟,哎哟"地叫唤,

听到这话?

穷 神:

　　　脑子清醒的人!

克瑞穆罗斯:

我该在诉讼纸上写什么惩罚? 480

要是你败诉。

穷　神：

　　　　　　　随你便！

克瑞穆罗斯：

　　　　　　　说得好！

穷　神：

要是你们输了，你俩也得受同样的惩罚！

克瑞穆罗斯：

（向布勒普西德谟斯）

你觉得二十个死足够了吧？

布勒普西德谟斯：

她足够了！我俩只要两个死就够了！

穷　神：

485　你俩还不去死？谁

还有什么正当理由来反驳我呢？

歌队长：

你们应当说点聪明话来战胜她，

用言辞来反驳她，不要软弱退让。[1]

1　歌队鼓励双方用言辞而非暴力来解决争端，并

二 私人愿望与公共计划

正论：好人应该交好运

克瑞穆罗斯：

我认为这显而易见，人人都知道，
好人交好运是正当的， *490*
坏人和不敬神的人则相反。
我们怀着这样的愿望，好不容易找到一个
既漂亮又高尚，有利于一切工作的计划。
要是财神马上就能看得见，而不是瞎着乱逛，
他就会走向好人，不再离开， *495*
他会离开坏人和不敬神的人，然后会让
所有人都变得善良、富有、敬拜神明。
还有谁能给人类找一个比这更好的计划呢？

布勒普西德谟斯：

没人，我给你作证，不用问她。

确信克瑞穆罗斯（人的言辞）可以打败穷神（神的言辞），只需依靠人的聪明。由此，克瑞穆罗斯与穷神开始"对驳"。

财 神

克瑞穆罗斯：

500 我们人类现有的生活，

谁不认为它很疯狂，甚至中了邪呢？

许多坏人富有，

发不义之财，而许多好人

却遭噩运，食不果腹，与你相伴一生。

505 所以我说，若财神看得见，就会阻止她，[1]

这就是更能给人类带来好处的办法。

穷　神：

所有人中最易受引诱的、脑子不健全的人啊，

---

1 克瑞穆罗斯作为正方，首先抛出自己的观点。他第一次清楚地表达了自己的计划，这个计划早已超过了阿波罗的神谕。计划虽然改变了，但他求神的初衷依然没有变，他只是扩大了原来的计划，他不仅想要他的儿子正当地发财，还想要天下所有正义的穷人都发财。现实生活告诉他，正义的人受穷，不义的人却富裕，这不正当，原因是财神瞎了，要恢复正义，就得恢复财神的视力。只要财神看得见了，就会离开坏人，走向好人，好人不仅能够生活顺遂，还会更正义、富有、虔诚。

你们两个老头,胡说八道、神经错乱的一对!
你们想的事若成了,我觉得对你俩没啥好处。
若财神重见光明,把自己平分了, *510*
那就没有人钻研技艺,也没有人研究智慧了。
一个都没有,若这两样因你们而消失,
谁还愿意制铜、造船、缝补、制轮,
或者做鞋、造砖、洗衣、制革呢?
谁又来用犁耕地,收割地母的果实, *515*
如果你们可以啥都不管,懒散度日?

克瑞穆罗斯:

你胡说八道!你刚才算在我们身上的一切,
我们的侍从会操劳。[1]

穷 神:

     你从哪里得到侍从呢?

克瑞穆罗斯:

我们可以用银子买吧。

---

1 侍从是自由人,不同于奴隶。

穷　神：

　　　　　　　　　　　　但首先，谁会来卖呢？

520　　要是他有了银子。

克瑞穆罗斯：

　　　　　　　　　　　　想赚钱的商贩呀，

他会从色雷斯来，那里的人贩子非常多。

穷　神：

但首先，绝不会再有什么人贩子了，

照你说的。既然富了，谁还愿意

冒着生命危险来干这事儿？

525　　那你自己就必须去耕地、挖土，操劳别的事，

你会过着比现在更苦的生活。

克瑞穆罗斯：

　　　　　　　　　　　　但愿落到你头上！

穷　神：

你也不能睡在床上，因为没有床，

也没毯子。谁有了金子还愿意来织呢？

你领回一个新娘，也没点儿香油涂涂抹抹，

530　　也没鲜艳昂贵的衣服把她打扮得花枝招展。

二　私人愿望与公共计划

如果你缺少这一切，变富了又怎样？
你们需要的一切都因我才容易得到，因为我像个女主人一样坐着，
强迫手艺人因匮乏和贫穷寻求谋生之道。[1]

1　穷神反驳克瑞穆罗斯，认为财神恢复视力，走向好人，平均财富之后，取消的不是贫穷，而是技艺，乃至于智慧。所有人若都有钱了，就不会去劳作；不劳作，就不会有劳动成果。因此，平均财富之后，意味着将没有物品。也就是说，即便有钱，也买不来物品。克瑞穆罗斯立即说，奴隶和侍从身份不变，所有的劳作仍可以由他们承担。但人人有钱之后，就不存在政治身份的差异，此时也就没有了自由人与非自由人的区别。奴隶买卖也就自然取消。因此，为了生存，有钱之后的人们必须亲自耕种，自给自足，那就会过得比以前更辛苦。

在柏拉图的《会饮》中，第俄提玛提到过"爱欲"的母亲，名字就叫"珀尼阿"（也就是我们的穷神），其主要特征就是匮乏。在阿芙洛狄忒的生宴上，穷神珀尼阿与喝醉酒的"富神"波若斯睡了一觉，诞下"爱欲"。穷神与富神的结合使得"爱欲"同时兼具母亲和父亲的性情，

克瑞穆罗斯：

535　　你能提供什么好处？澡堂里烫的泡，

　　　挨饿的孩子和老妇，

　　　我给你数不清的虱子、蚊子和跳蚤，

　　　它们在人头上盘旋，嗡嗡地叫，

　　　吵醒人并说道，"你要挨饿了，还是起来吧！"

540　　此外，把破布当衣服；

　　　铺上芦苇垫子当床，能把睡着的人弄醒；[1]

即他从母亲那里传承了匮乏，又从父亲那里传承了美好。因此，"爱欲"的实质就是一直处于对美好之物的匮乏和欲求当中。参柏拉图，《会饮》203b-e，刘小枫译，收于《柏拉图四书》，三联书店，页232–233。

克瑞穆罗斯之前说，财神是"一切技艺和发明"的源头，他认为人们从事工作、钻研技艺，都是因为爱欲财富，但现在看来，他没有明白，爱欲财富，其实就意味着对财富的欠缺和欲求，说到底，人们还是因为"穷"（匮乏）才干活。因此，就这一点，克瑞穆罗斯没法反驳穷神。

1　芦苇里爬满了虫子，咬得人睡不着觉。

把臭烂的灯芯草席当毯子；

把大石头当枕头放头下；把锦葵芽当面包吃；

把干萝卜叶当大麦粑粑吃；

把打破了的瓦罐盖子当凳子；   *545*

把坛子的碎片当揉面板。难道这些就证明了

你是给人类带来所有好事的原因？[1]

穷　神：

你说的不是我的生活，你挑剔的是乞丐的。

克瑞穆罗斯：

所以我们才说"乞丐是贫穷的姐妹"嘛。

穷　神：

你们认为狄奥尼索斯跟忒拉绪布罗斯一样。   *550*

我的生活没遇到过。宙斯在上，以后也不会。

你说的乞丐，过着一无所有的生活，

---

[1] 克瑞穆罗斯开启了第二回合，就算穷神才是一切技艺和劳作的根源，但贫穷本身给人带来的不是好处，而是坏处，贫穷并不像穷神说的那样能够让人享受自己的劳动成果，而是让人一无所有。

而穷人则过着省吃俭用、一心工作的生活，
他没有多余的钱，但也不缺什么。[1]

克瑞穆罗斯：

德墨忒耳啊，你讲的那种人生活多幸福呀！
省吃俭用、操劳度日，却没有留下棺材本。

驳论：贫穷让人更正义

穷 神：

你是想搞笑和讽刺，不是想认真对待。
你不知道，让人在身心两方面都更好的是我，

---

[1] "狄奥尼索斯"是叙拉古僭主，"忒拉绪布罗斯"则是雅典杰出的政治家和军事家。

穷神反驳说，克瑞穆罗斯说的"一无所有"指的是乞丐，但穷人不是乞丐。此时，她抛出了自己对于贫穷的定义，贫穷不是匮乏，穷人有且仅有必需品，穷人不缺什么，穷人不会匮乏。这个说法显然与她之前的论证自相矛盾，不仅让她在这一回合败下阵来，连带推翻了第一回合的论证。第一轮辩论，克瑞穆罗斯胜。

不是财神。因为在他身边的人都患有脚痛风，

大腹便便、小腿粗壮，而且胖得离奇。　　　　*560*

而在我身边的人却很瘦，马蜂一样蜇敌人。

克瑞穆罗斯：

一定是因为饥饿，你才把他们弄成了马蜂样。

穷　神：

我最后还可以谈谈审慎，我将向你俩表明，

跟我一起的人规矩，跟财神一起的人放纵。

克瑞穆罗斯：

小偷小摸和入室盗窃都是有规矩的了。　　　　*565*

布勒普西德谟斯：

宙斯在上，要是他没被发现，怎么没规矩了？

穷　神：

再瞧瞧城邦里的政客们，他们还是

穷人的时候，对人民和城邦都很公正，

一旦他们从公款中富起来，就变得不公正了，

他们图谋着与城邦和人民为敌。　　　　　　　*570*

克瑞穆罗斯：

你说的这些不假，虽然你恶言恶语，

但你最应该死,不要自鸣得意,

因为你试图说服我们,

穷神比财神更好。[1]

穷　神:

关于这一点,你也没能驳倒我,

---

[1] 第一轮辩论,穷神败了,现在她抛出辩方观点:贫穷不能给人提供充足的物资,却能让人在德性上占上风,与贫穷为伍的人身心两方面都很健康。首先,贫穷不会让人生富贵病;其次,贫穷能让人循规蹈矩,不干违法的事儿。与穷神在一起的人像马蜂,马蜂不仅腰身很细,而且蜇人很疼。马蜂可以成为城邦的卫士,上阵杀敌,为城邦做贡献。克瑞穆罗斯没有办法否认这一点:只有有钱人才会大腹便便,也只有穷人才勇于上阵杀敌。这个论点让穷神略占上风。

随后,穷神乘胜追击:财富只能让人越变越坏。最坏的时候,就是与人民和城邦为敌——要么窃国,要么叛国。穷神在此排除了穷人也会干偷鸡摸狗的勾当,她只举出富人最重大的罪行,但这一点克瑞穆罗斯也确实没法反驳,因为很少有穷人有能力干窃国卖国的事。第二轮辩论,穷神胜。

二 私人愿望与公共计划

不过是胡说和扑腾罢了。[1]

质辨：贫穷令人反感

克瑞穆罗斯：

       为何所有人都逃避你？ *575*

穷　神：

因为我要让他们变得更好呀。最好是去看看

孩子们，他们逃避父亲，父亲却对他们最好。

要分辨什么事是对的，就是这么困难！

克瑞穆罗斯：

你是说宙斯也不能正确地分辨最好的事，

因为他有财神在手？

布勒普西德谟斯：

        却把穷神送给我们。 *580*

穷　神：

你们两个被眼屎糊了心志的老腐朽啊，

1　扑腾的原文是 pterugīzw，即"拍动翅膀"，可引申为做做样子，装腔作势。

宙斯可穷啦，这一点我可以清楚地向你证明。

要是他有钱，他自己举办奥林匹克运动会，

怎么每四年才把全希腊人召集一次，

585　　宣布竞技得胜者时，给他们戴上的是野橄榄

的花冠？他更应该给他们金的，要是他有钱。

克瑞穆罗斯：

这就不言而喻了吧，他是尊重财神。

他节俭，不想花钱，

才拿装饰品发给得胜者，让财神在自己身边。

穷　神：

590　　你是企图把比贫穷更可耻的事加在他身上，

要是他富有，却又如此吝啬和贪婪。

克瑞穆罗斯：

但愿宙斯毁了你，给你带上野橄榄的花冠。[1]

1　克瑞穆罗斯打算做最后的反击：不管穷神如何让人在身心方面守法，穷神本身还是令人反感，让人拒斥和逃避，这又是什么原因？穷神说，人们总是逃避让自己变得更好的权威，结果就会变得缺乏辨识力，就像小

二 私人愿望与公共计划

结辩：贫穷是好事的根源

穷 神：

你敢反驳说，你们得到的所有好事不是

从穷神来的吗？

孩躲避父亲一样。换言之，穷神让人清醒智慧，财富让人蒙昧无知。克瑞穆罗斯好像又没法反驳，只好拿宙斯举例，因为宙斯是所有人和神的父亲，所有人都崇拜他、靠近他，不会躲避他，他是人类的救主和保护人，指导人们生活，让人有分辨力，关键他还有钱。

在这里，有关克瑞穆罗斯对宙斯的看法，我们有必要总结一下。最初，作为一个虔敬的人，他认为宙斯是正义的；得知财神的遭遇后，他发现宙斯并不正义，要想守护正义，宙斯的意愿是可以违背的；随后，为了说服财神留下，他甚至说，宙斯的权力和威力不敌财神，因为宙斯统治天神和人类依靠的是财神，所以宙斯是可以对抗的。

我们似乎看到了另一个庇斯特泰罗斯（阿里斯托芬《鸟》中的主人公，他说服鸟儿推翻了宙斯的政权，但最

克瑞穆罗斯:

> 这可以去赫卡忒庙问问,[1]

终让自己成了人神共主)的身影,但克瑞穆罗斯没有那么极端,他的目的不是自己取代宙斯(尽管最后证明诸神的确因他闹了饥荒,但宙斯没有交出政权,也没有退位),他只是想贬低宙斯,抬高财神。所以,在他心里,宙斯仍然存在,即便没有财神支援,也不至于穷困潦倒。所以,他又把宙斯搬出来作证。

但是,穷神说,克瑞穆罗斯的观点老掉牙了,宙斯一直很穷,因为他在竞技会上给人颁发的奖品压根不值钱。克瑞穆罗斯却说,这不能证明宙斯贫穷,只能说明宙斯节约。穷神却说,克瑞穆罗斯的说法意味着宙斯抠门,克瑞穆罗斯竟公开指责宙斯吝啬和贪婪,这就是渎神。克瑞穆罗斯毫无还击之力,穷神在这场辩论中又赢得胜利。经过三次论辩,穷神最终在言辞上打败了克瑞穆罗斯。

1 "赫卡忒"是一体三面的女神,即魔法女神、鬼魂女神和地狱女神的合体。三个女神背靠背,脸分别面对三个方向,所以赫卡忒庙一般设在三岔路口,而赫卡忒也被称作道路女神。给赫卡忒供奉的都是最寒酸的食

二 私人愿望与公共计划

有钱和挨饿,哪个更好,因为她会告诉你,   595
那些有钱人每个月给她送一次餐,
穷人们还没等他们放下食物就一抢而光。
但你现在就去死吧!别再咕噜
什么啦!

物,像狗肉呀,或最廉价的鱼等。

克瑞穆罗斯实在没有办法,最后把赫卡忒请出来,因为赫卡忒并不是奥林匹斯神,而是提坦神之一。她的权力远在宙斯之上,不受宙斯管控。既然以宙斯举例失败了,那就请出一个比宙斯更强大、更能区分穷富的神。然而,克瑞穆罗斯忽略了一点,赫卡忒虽然是宙斯的前辈,但她的神性是带有机运性,也就是她既可以给人带来好运,也可以给人带来噩运,与正义无关,纯属偶然。克瑞穆罗斯以赫卡忒为例,无疑是说,穷与富其实不是正义使然,而在机运。倘若如此,就与克瑞穆罗斯的计划自相矛盾,因为医治财神,把财神强行留在身边,实际上已经取消了机运。这种行为本身就不正义,他的理想和计划也就没了正义的基础。但他只想着压过穷神,却没想过这个例子本身会让自己陷入不义。

600　　你说服不了我们,也别想说服我们。

穷　神:

阿尔戈斯城邦啊,听听他都说了什么!

克瑞穆罗斯:

呼唤泡宋吧,你的饭友![1]

穷　神:

我会有怎样的遭遇?苦难的我呀!

克瑞穆罗斯:

滚蛋吧!快离开我们!

穷　神:

605　　我要去哪个地方?

克瑞穆罗斯:

去木枷里!不必磨蹭,

快去!

穷　神:

总有一天你们还会把我

---

1 "泡宋"是个穷画家,之所以称他为穷神的饭友,是因为他吃得非常少,看起来瘦骨嶙峋。

二 私人愿望与公共计划

请回这里！

（穷神下）

克瑞穆罗斯：

那你到时候再回来，现在滚蛋去吧！　　　　610

对我来说，有钱更好。

让你一辈子抱头痛哭！[1]

---

[1] 读到此处，我们可能会吃惊，这场辩论说到底是穷神赢了，穷神说出了生活的真理：如果不是因为匮乏，人们就不会劳作，不会钻研技艺。因此，自然需要才是人类创造财富的必要条件，即穷神是财神存在的前提。可是，穷神最终仍然落荒而逃，人们不愿意接受穷神，也不愿意接受这个道理，为什么？

在现实生活中，没有人喜欢穷神，赶走穷神是所有人的愿望；而且，就人们对财神的信奉来说，甚至不愿意接受穷神的存在。这个剧本也不能让穷神存在。倘若穷神真的存在，依照神的属性，她就是不死不灭的，不可能消失。不管你承不承认，她都在那里，不会因为人的意志而改变。

但是，就剧情而言，不赶走穷神，人就不可能变富，

布勒普西德谟斯：

> 宙斯在上,我有了钱,真的
>
> 想跟孩子

615 和老婆好好吃一顿,洗完澡,

> 抹了油,走出澡堂,
>
> 当着手艺人
>
> 和穷神的面大放臭屁!

克瑞穆罗斯：

> 这贱妇总算离开我们了。

620 我和你尽快带着财神

> 去阿斯克勒比奥斯庙里睡一晚吧。

布勒普西德谟斯：

> 我们不要拖延,免得又有什么人

整部戏就没有意义。克瑞穆罗斯想让所有正义之人变富,这本来就是非分之想,要实现它,就得借助超自然力量让财神恢复视力,永远留在他自己和正义者身边,但结果就是穷神彻底消失。所以,穷神必须被赶走,而且要在治愈财神之前,否则剧情没法展开。

二 私人愿望与公共计划

来阻止我们做有用的事。

克瑞穆罗斯：

（向屋里）

孩子，卡里翁，你得去把被褥拿出来，

带着财神本人，依照习俗，   *625*

还有里面准备好的其他东西。

（克瑞穆罗斯和布勒普西德谟斯下）

三　医治财神

［题解］卡里翁第一个从医神庙回来，给家人报喜。歌队首先出来迎接他，得知财神重见光明，齐声歌颂医神（第627-640行）。

卡里翁向克瑞穆罗斯的妻子描述医神庙发生的一切：祭司抢走所有祭品；他自己则偷喝了一罐麦片粥；随后，医神出场，先制作了一种奇怪的药膏，整治了一个叫涅俄克勒得斯的烂眼病人，然后与女儿们和圣蛇一起，依靠某种神力治好了财神。卡里翁还告诉主母，主人和财神正在回家的路上，被很多前来祝贺和示好的人团团围住（第641-770行）。

财神和克瑞穆罗斯好容易才摆脱人群，回到家里，女主人拿着果子出来迎接（第771-801行）。

第 三 场

(卡里翁上。这是第二天一早卡里翁第一个从医神庙回来,向歌队报告他带回来的好消息)

卡里翁报信

卡里翁:

大多时候在忒修斯节上拿面包壳蘸点儿

大麦片粥吃的老头们啊,

你们多么有福,你们多么走运,

其他好性情的人也如此![1]   630

---

1 忒修斯节上要给所有人分肉,但显然,这里的节日只提供了面包和粥。卡里翁强调老穷人的日常待遇,他们就连面包和粥也只有在过忒修斯节的时候才吃得上。财神得到救治,这部分是剧本的关键,直接关涉克瑞穆罗斯的计划成功还是失败。但我们不能亲目目睹这个过程,医神如何治好了财神,完全是听卡里翁讲述。或者,

财 神

歌队长：

家奴朋友中最好的人啊,什么事?

你似乎带来了什么好消息。

卡里翁：

我的主人交了最好的运气,

还不如说是那财神自己:他不再眼瞎,

635　恢复了视力,眼珠子明又亮,

碰到了好心的医神阿斯克勒比奥斯。

歌队长：

你说的叫我欢喜,你说的叫我欢呼!

卡里翁：

可以欢喜,不管你愿不愿意!

歌队长：

我要高声歌唱有好子女的

640　阿斯克勒比奥斯,他是凡人的光明![1]

这个超自然的过程只能存在于回忆、言辞和想象当中,
无论如何,财神神奇地恢复了视力。

1 "阿斯克勒比奥斯"有两个儿子:波达勒里俄斯

三　医治财神

医神的治疗

（克瑞穆罗斯的妻子从屋内出来）

妻　子：

这欢呼是怎么回事？是报来

什么好消息了吗？我盼望已久，

坐在家里一直等。

卡里翁：

快快拿酒，主母，你好

喝一口，你这么爱喝酒！　　　　　　　　　　645

我把所有好事给你总结一下。

妻　子：

好事在哪儿？

卡里翁：

　　　　在我话里，你很快就会知道。

和马卡翁，都是有名的外科医生。他也有几个医术高明的女儿，叫伊阿索、阿刻索、阿格尔、潘那刻亚和许革亚，本剧只出现了两位，伊阿索和潘那刻亚。

妻 子：

那你就把话说完！

卡里翁：

那你听好，我要把事情

650 "从脚到头"，说与你听。[1]

妻 子：

可别"到我头"上！

卡里翁：

     现在不

都成好事了吗？

妻 子：

     不会是那件事吧？

卡里翁：

我们一到了医神庙，

就领着财神，当时他还可怜兮兮，

655 现在谁有他幸福好运？

先带他去海边，

---

1 "从脚到头"，原文意思是"从双脚到头顶"。

三 医治财神

给他洗了个澡。

妻 子：

> 宙斯在上，真是好运啊，
>
> 一个老头在冰冷的海水里洗澡！

卡里翁：

然后，我们走向医神的专用地，[1]

在祭坛上摆上圆饼和祭糕， *660*

给赫淮斯托斯的火焰献祭，

再让财神躺下，依照习俗，

我们每个人也都整理好被褥。

妻 子：

还有其他人需要医神吗？

卡里翁：

有一个涅俄克勒得斯，他是瞎的，[2] *665*

---

1 "医神的专用地"指专门划给医神的用地。这几句话是说他们领着财神在海边洗完澡就回到了庙里。

2 "涅俄克勒得斯"，这个人在阿里斯托芬的《公民大会妇女》中出现过。在该剧中，公民大会刚开始，他

财　神

在盗窃上却胜过看得见的人。

还有很多其他的人，各有各的病。

医神的祭司来灭了灯，

吩咐我们睡觉，

670　说，如果有人听到响动，

也不要作声。所有人都规规矩矩躺下了，

我却睡不着，我

被一罐麦粥吸引，它放在

离一个老太婆的头不远的地方，

675　我一心想着神不知鬼不觉地爬过去。

当时我朝上一望，就看见祭司

就第一个上台发言，大会的议题是"制定城邦的拯救方案"。涅俄克勒得斯因为眼病看不清地方，所以是靠摸索爬上了讲台。可他一上去就被人轰了下来，因为大家都说："他连自己的眼睛都治不好，还提得出什么治疗城邦的方案？"正因为如此，在本剧中，医神才会专门给他的眼睛调制药膏、给他抹上后叫他好好休息，别去公民大会捣乱，参本剧第 716–725 行。

三 医治财神

把烙饼和干无花果

从神的桌子上都抢走了；之后，

他又绕着整个神坛走了一圈，

看是否还有什么圆饼留在那儿。 *680*

随后，他把这些东西都奉献进了一个口袋里。

我以为这件事十分符合神律，

便起来拿那麦粥的罐子去。

妻　子：

蛮干的人啊，你就不怕医神吗？

卡里翁：

怕呀！天神作证，我担心他抢在我前面， *685*

头戴花冠，走到那罐子前。

因为那祭司先前告诉了我。

这时，那老太婆听到了我的响动，

伸手从下面拖住罐子，我便发出嘶嘶声，

用牙齿咬她，像那棕红色的蛇一样。[1] *690*

她立刻缩回手去，

1　棕红色的蛇是医神的圣物。

把自己裹紧,安静地躺下,

因为害怕,她放了一个比黄鼠狼还臭的屁。

我吞了很多麦粥,

695　　直到饱了才又回去躺下。

妻子:

医神没有走到你们跟前?

卡里翁:

       还没有!

但在这之后,我真干了件好笑的事。

当他走过来的时候,我放了一个非常大的屁,

因为我肚子胀破了。

妻子:

700　　他为此肯定立刻就讨厌你了!

卡里翁:

没有,但伊阿索跟在他身后,立即

就红了脸,而潘那刻亚则转过身去,

捏着鼻子,我放的可不是乳香。

妻子:

那医神自己呢?

三 医治财神

卡里翁：

> 宙斯在上，他一点也不在意！

妻 子：

你把医神称为"粗野之人"！ *705*

卡里翁：

不，宙斯在上，我把他称为"吃屎之人"！[1]

妻 子：

> 你这蛮子！

卡里翁：

在这之后，我立即蒙住头，

很害怕。他绕了一圈，

井井有条地查看所有疾病。

然后，一个孩子在他旁边放了一个石臼、 *710*

一个石杵和一个小箱子。

妻 子：

也是石头的？

---

[1] "吃屎之人"是对医生的蔑称。据说，医祖希波克拉底为了治病曾尝过病人的粪便，所以医生就有了这个称号。

卡里翁：

    不，宙斯在上，小箱子不是！

妻　子：

你怎么看见的？你这该死的坏家伙！

你说你蒙着头的！

卡里翁：

    透过小斗篷呀，

715 那上面有不少洞呢，宙斯在上！

他第一件事是动手

给涅俄克勒得斯捣药膏，

抛进三头特诺斯大蒜，掺点

无花果汁与乳香，在石臼里捣烂，

720 再浸一点斯斐托斯的醋。

接着，他翻开那人的眼皮，把这药膏敷上去，

叫他痛得更厉害。那人哇哇大喊，

跳起来跑了。医神笑着说道：

"你现在敷了药原地坐下吧，

725 我可以阻止你去公民大会乱发誓了！"

三 医治财神

妻 子：

多么热爱城邦，多么聪明的神啊！

卡里翁：

在这之后，他在财神旁边坐下，

先摸摸他的头，

随后拿一块干净的手帕

把他的眼皮擦干净。潘那刻亚则　　　　　　　*730*

用一块红布盖住他的头

和整张脸。这时，医生吹了声口哨，

两条大蛇就从神殿里窜了出来，

大得出奇。

妻 子：

　　　　　可爱的神们！

卡里翁：

它俩悄悄钻到红布底下，　　　　　　　　　　*735*

据我猜测，是舔他眼皮去了。

在你喝完十杯酒之前，

主母啊，那财神便站了起来，看得见了。

我高兴得拍起双手，

740 　　叫醒了主人。医神随即

　　　与那蛇都隐到神殿里去了。[1]

　　　那些睡在财神旁边的人，你可以猜到，

　　　都来祝贺他。大家整整一夜

　　　没睡，直到天明。

745 　　我要竭力赞美医神，

　　　他迅速让财神看得见了，

　　　又让涅俄克勒得斯更瞎了！

1　整个治疗过程非常迅速，短得和这几行诗的长度一样。这一幕既神秘又搞笑。大家躺在医神庙里睡觉，黑灯瞎火，原本谁也看不见谁，卡里翁却说他能透过自己衣服上的洞看清楚。其他人可能因为衣服上没有洞，或因为胆小，躲在衣服或被窝里不敢看。总之，卡里翁能看见，别人看不见，所以他是最适合描述财神经历的人。

无论如何，庙里多少有些亮光，否则医神也认不出涅俄克勒得斯，也不会故意整治他。但奇怪的是，那点亮光不足以让医神认出财神，或者他俩根本没有见过，或者根本没有人和神真的见过财神。

三 医治财神

妻　子：

主啊，主人啊，你有这么大的能力啊！

但告诉我，财神现在在哪儿？

卡里翁：

         他就要来了。

可他身边围了好大一群人。　　　　　　　　*750*

那些以前正义、生活

拮据的人都来祝贺他，

全都高兴地和他握手；

而那些有钱人，虽然有很多钱，

却不是从正义的生活得来，　　　　　　　　*755*

他们则皱着眉头，满脸怒容。

正义的人都跟在他身后，戴着花冠，

笑着，欢呼着。

老人们的毡鞋有节奏地发出回响。

现在大家一齐同说一段词，　　　　　　　　*760*

跳吧，蹦吧，合唱吧！

因为你们回到家里，再没人报告说，

口袋里没有大麦了。

妻　子：

　　赫卡忒在上，我想给你戴上

765　一串烤面包作花冠，犒赏你

　　带回的消息！

卡里翁：

　　　　　　　　现在别再拖延，

　　人们已经快到你门口了。

妻　子：

　　那我现在就进去拿些果子，

　　好款待这双新买来的眼睛。[1]

　　（妻子进屋，下）

卡里翁：

770　我却想去迎接他们。

（卡里翁下，财神、克瑞穆罗斯和一大群人上）

1　按照雅典习俗，"果子"是用来抛撒在新娘或新来的人身上的，以示欢迎。

三 医治财神

迎接财神

财　神：

我首先要敬拜太阳，

然后是庄严的帕拉斯的著名之地，

克克罗普斯接待我的整片国土，[1]

我为自己的遭遇感到羞耻，

我不自觉地和那些人住在一起，　　　　　　775

却逃离那些值得作伴的人，

一无所知！蛮干的我啊！

这件事和那件事，我都做得不对。

但是，我会把这一切掰回来，

今后将向所有人证明，　　　　　　　　　780

我把自己给了那些坏人，并非心甘情愿。

克瑞穆罗斯：

（向人群）

1　"帕拉斯"是雅典娜的别称；"帕拉斯的著名之地"就是雅典卫城。"克克罗普斯"是雅典传说中的一位国王。

滚蛋!那种朋友让人多么难受!

他们在一个人交了好运的时候马上出现!

他们捅我、摸我小腿,

785　各个都在表示某种好意。

谁不向我打招呼?市场上没有那么大一群

老头儿把我团团围住吗?

(克瑞穆罗斯的妻子上)

妻　子:

(向丈夫和财神)

最亲爱的人啊,你和你都好啊!

现在,我拿这些果子给你撒上,

790　这是习俗。

财　神:

别呀!

我现在看得见了,初次进家门,

不应当拿东西出来,应当拿东西进去。

三　医治财神

妻　子：

那你不接受这些果子吗？

财　神：

不，应该在家里的灶火旁，按照习惯，　　　　795
这样我们就可以避免庸俗的做法。
因为在那里，我们的诗人
无需把无花果干和糖果
抛给观众，讨他们欢笑了。[1]

妻　子：

你说得很对，那个得克西尼科斯　　　　　　　800

1　显然，财神头一句话是回答克瑞穆罗斯的妻子，但后面四句话是以谐剧诗人，即阿里斯托芬的身份在发言。谐剧表演过程中，诗人可以向观众抛撒糖果，既营造氛围，又能获得观众的好感，这通常发生在"插曲"部分，而且一般由歌队长代替诗人发言。但在这里，财神代替了阿里斯托芬，这四句话也就代替了插曲。阿里斯托芬传世的11个剧本中，最后两部，即《公民大妇女》和《财神》，都没有插曲了。

站了起来,想抢这些无花果干呢![1]

(财神、克瑞穆罗斯和妻子同下)

---

1 "得克西尼科斯"是雅典一个又穷又好吃的家伙。

四　重新分配社会财富

[题解] 财神自从进了克瑞穆罗斯家门,就再也没有公开露过面,财神在剧中完全消失了。此后,分别来了六位客人,以各种理由拜访财神。第四场来了两位,第一位是"正义之人",第二位是"告密人"。

卡里翁正描述家里变得如何富裕时,一个"正义之人"带着小厮来了。他曾经继承了父亲的遗产,是个富人,后来把钱借给朋友,散尽家产,又成了穷人,他帮助过的那些"朋友"都背弃了他。现在,情况反转了,他要来酬谢财神,把以前穿过的一套破衣烂鞋供奉给财神(第802-849行)。

此时,一个"告密人"带着证人来找财神算账,说财神毁了他的生活。正义之人与告密人就"告密的实质和法律的性质"进行了辩论。告密人声称,自己事事告发,是在为城邦效劳,正义之人却指责他不事劳作,依靠告发别人过活;告密人说,他这是帮城邦维持法律,正义之人却说,他这是在多管闲事。告密人拒绝改变他的生活方式,卡里翁一怒之下剥光告密人身上的衣服,给他换上正义之人带来的那套破衣烂鞋。告密人呼叫证人作证,证人反而逃之夭夭。告密人只好宣布认输,临走前发誓要再去找个证人来,指控财神正在推翻民主制度。告密人仓皇逃下,卡里翁与正义之人进屋敬拜财神(第850-958行)。

第五场也来了两位访客,一个老妇和一个少年,他俩原本是一对不太相称的情侣。

卡里翁和正义之人进屋后,一个富裕的老妇前来寻找财神,克瑞穆罗斯出来迎接她。老妇痛斥财神使自己的小情人变了心,希望财神强迫小情人赔偿她以前送给他的所有礼物(第959-1037行)。

就在这时,老妇的小情人自己来了。他现在是富人,不用再出卖自己的身体,可以彻底摆脱

四　重新分配社会财富

老情妇了,他想献一个花冠给财神,不料碰到老相好。她当众挖苦调笑老妇一番,与她一同进屋去了(第 1038-1096 行)。

第 四 场

正义人供奉破衣烂鞋

卡里翁：

    朋友们，幸福度日是多么愉快的事啊！

    不用从家里开支，[1]

    一堆好东西涌进我们家，

805   我们没有对不起任何人！

805a   这样有了钱真是件愉快的事。[2]

    面粉桶里装满了白白的面粉，

    酒缸里是黑黝黝喷香的酒。

    我们的小钵小碗全装满了

    银子和金子，叫人吃惊！

---

1 原文是"往外拿东西"。

2 此行各抄件存有争议，本稿依据的牛津编本将此行作为第805行的副行收录其中，既保证了其后各行行码不变，又使语意上下贯通。

四 重新分配社会财富

油壶里满是橄榄油,香油瓶里 810
满是香油,楼上堆满了无花果干。
所有醋瓶、碟子和陶罐
都成了铜的。瞧那烂木盘,
盛鱼的,也成银的了。
我们的灯笼突然就变成象牙的。 815
我们侍从玩猜单双的游戏
也用上了金币。我们也不用石头擦屁股了,
而是每次都奢侈地用蒜茎。
现在,主人在里边,戴着花冠,宰杀
一头猪、一头山羊和一头公羊献祭。 820
可是,烟把我赶了出来。我不能
再待在家里,因为烟在咬我的眼睛。[1]

---

[1] 克瑞穆罗斯彻底实现了自己的愿望,连家奴也跟着过上了富裕的生活。自从财神恢复视力,进了他的家门,他家就一夜暴富起来,一切东西神奇地不请自来,应有尽有。这让我们想起阿里斯托芬传世的第一个剧作《阿卡奈人》,在那个剧中,主人公狄开俄波利斯也表达

（正义之人上，身后跟着一个小厮，拿着一件破斗篷，一双烂毡鞋）

正义之人：

（向小厮）

孩子，跟我来，让我们到财神

那里去。

卡里翁：

呀，来的这是什么人？

正义之人：

825　　一个从前穷苦现在幸福的人。

过"一切东西应有尽有"的愿望，可以说，阿里斯托芬的最后一个剧本实现了第一个剧本的愿望。

"应有尽有"，代表了雅典普通人尤其雅典农民的普遍愿望，但又何尝不是我们今人的愿望？克瑞穆罗斯一家过上了奢侈的生活。读到这里，我们不由担心，他们一家会不会有钱就变坏？但至少，最值得信任的卡里翁变得越来越娇气，主人在屋里忙，他却出来透气。

四　重新分配社会财富

卡里翁:

你看起来像是个好人。

正义之人:

肯定的!

卡里翁:

那么,你需要什么?

正义之人:

我到财神这里来,是因为他给了我很多好处。
我从我父亲那儿得到了一笔相当多的财产,
我把它拿来支援缺钱的朋友, *830*
以为这是有益于人生的事。

卡里翁:

你大概很快就把钱花光了吧?

正义之人:

正是!

卡里翁:

那你此后又穷了吧。

正义之人：

正是！我以为那些

835　我支援过的缺钱的人会是可靠的朋友，

在我也缺钱的时候。

可他们却转身离开，好像没有看到过我似的。

卡里翁：

还嘲笑你，我很清楚。

正义之人：

正是！荷包干旱要了我的命。

卡里翁：

840　但现在不会了。

正义之人：

我的情况已反转，

因此我正正当当地来到这里敬拜神。

卡里翁：

那件小斗篷能对神做什么，

你小厮拿的那个？你说说。

正义之人：

我带它献给财神。

四 重新分配社会财富

卡里翁:

这不是你入教时穿的吧?[1]   845

正义之人:

不是,我穿着它挨了十三年的冻。

卡里翁:

那双毡鞋呢?

正义之人:

它也与我一同经历过风雪。

卡里翁:

你也拿它来献祭吗?

正义之人:

是的,宙斯在上。

卡里翁:

你给神带来了多好的礼物呀![2]

---

1 把入教时穿的衣服献给神,这是一种古老的习俗。正义之人不仅慷慨正义,也虔敬。在一定程度上,他就是另一个克瑞穆罗斯。

2 克瑞穆罗斯富裕之后,第一个来访的是正义之

告密人兴师问罪

(告密人同证人上,告密人还没看到卡里翁)

告密人:

850 我真不幸啊!我这可怜的人完蛋了呀!
三倍、四倍、五倍、
十二倍和一万倍的不幸啊!哎呀,哎呀!
我就这样被掺入成倍的灾难中!

卡里翁:

驱邪的阿波罗和友善的天神啊!

人。此人不是农民,所以不属于克瑞穆罗斯的朋友。他可以算作剧中一直没有出现过的一种人——既富裕又正义的人。他依靠正当途径继承了父亲的遗产,是个富人,然后又把钱拿去支援有需要的朋友,自己的正义之举让他散尽家产,成了穷人,他很快就变成了正义的穷人。因此,他前后的经历就是一个正义与财富不可兼得的实例。现在,他又有钱了,我们不知道他是否还会继续他那散财助人的正义,做回正义的富人;我们甚至不知道,富裕之后还需不需要正义。

四　重新分配社会财富

这个人遭受了什么灾难？　　　　　　　　　　*855*

告密人：

（向卡里翁）

我现在不是遇到不幸的事了吗？

我家里的一切都消失了，

就因为这个神。他就该重新眼瞎，

如果正义没有离开。

正义之人：

我觉得事情变得清楚了。　　　　　　　　　　*860*

来了一个遇到不幸的人，

他看起来像个坏人坯子。

卡里翁：

宙斯在上，干得漂亮！他完蛋了。

告密人：

他在哪儿？在哪儿，那个唯一答应会立即

把我们所有人变成富人，[1]　　　　　　　　*865*

---

[1] 告密人是来找财神算账的。作为一个不义之人，他想控告财神剥夺了他的财产，理由是财神违背了自己的

> 只要他恢复了视力的人?可他
> 却让很多人彻底完蛋了。

卡里翁:

> 他对谁这样做了?

告密人:

>   我。

卡里翁:

> 你是个坏人,是个强盗吧?

告密人:

870 不!宙斯在上,你们才没一个是好人呢,
   一定是你们拿走了我的钱!

诺言,即财神承诺过要让所有人富裕,他却成了穷人。他不知道,或者他修改了克瑞穆罗斯和财神的意愿,后两者只想让所有"正义的穷人"富起来。就在我们不知道财神是如何让所有正义的穷人都变富的时候,告密人的抱怨告诉我们,财神并没有凭空变出财富,不过是让富人的财富流向了穷人而已。财神以其超自然的能力做了一件劫富济贫的事。

四　重新分配社会财富

卡里翁：

德墨忒耳啊！他这么耀武扬威地跑进来啊，

一个告密人，显然是饿慌了。

告密人：

（向卡里翁）

你最好赶快去市场，

你就该在那儿受点刑轮的苦刑， *875*

招出你干的坏事。[1]

卡里翁：

　　　　你去死吧！

正义之人：

救主宙斯在上，这财神真值得

全希腊人崇敬，要是他让

这些告密人和坏人们都死绝了！[2]

1　"刑轮的苦刑"，就是用绳子的一端把犯人的四肢绑起来，绳子的另一端则拴在车轮上，行刑时，车轮带动绳子，拉扯犯人的四肢。

2　正义之人认为，倘若让所有正义的穷人变富，让

告密人：

（向正义之人）

880　　哎呀！难不成你也有份儿？嘲笑我？

你说说，这件大衣哪里来的？

昨天我还看见你穿一件破斗篷！

正义之人：

我可不怕你。我带的这个指环

是花一个德拉克玛从欧达摩斯那儿买来的。

卡里翁：

885　　不是"防告密人咬伤"的吧？[1]

告密人：

这不是大大的侮辱吗？你俩讥笑我，

所有坏人死绝，那普天之下就全是有钱的正义人了，那就进入了一个理想社会。

[1] "欧达摩斯"是个著名的商贩，专卖指环，也卖药品。"防告密人咬伤"，是把指环当成一种药，上面印着"防告密人咬伤"的名字。欧达摩斯既卖指环又卖药，所以这么讽刺他。

四 重新分配社会财富

却不说你俩在这儿干什么。

你俩在这儿干的也不是什么好事。

正义之人：

是的！宙斯在上，对你不是好事，你很清楚！

告密人：

宙斯在上，你俩想要宰我一顿！ *890*

卡里翁：

真希望你同你的证人

肚子爆开，空空如也！

告密人：

你俩耍赖吗？两个坏透了的东西！

里面不是有许多咸鱼块和烤肉吗？

（用鼻子嗅）

让我闻闻—闻闻—闻闻—闻闻—闻闻— *895*
　　闻闻！

卡里翁：

倒霉的家伙，你闻到了什么？

正义之人：

是寒气吧！

因为他只穿了这么一件破斗篷。[1]

告密人:

这是可以容忍的吗,宙斯啊,天神啊!

他们这样侮辱我?哎呀,多么可恼呀!

900　像我这样热爱城邦的好人遭受不幸!

正义之人:

你热爱城邦?是个好人?

告密人:

无人可及。

1　告密人并不知道财神如何大显神通,他甚至怀疑财神并不存在,财神可能只是这些一夜暴富之徒的托词,实际上是他们合伙盗走了富人的财产。他带着证人来,根本不是来找财神,而是来找这些人盗窃的罪证的。他首先怀疑正义之人的穿戴,然后怀疑正义之人与卡里翁在密谋,最后怀疑屋里传出的阵阵肉香。凭他的职业习惯,他认为以上皆可作为呈堂证供,没想到卡里翁和正义之人根本不买账,反而一直嘲讽他。

四　重新分配社会财富

正义之人：

那我问，你答。[1]

告密人：

什么？

正义之人：

你是农夫吗？

告密人：

你以为我疯了吗？

1　告密人的职业遭到嘲笑，也就是说，平日里大家就对"告发"这件事非常反感。城邦的法律原本是为了维护正义，但告密人把"告发"作为一种生存之道，事事介入，处处告发，使诉讼成了困扰。这让我们想起阿里斯托芬另一个剧本《鸟》的故事情节，两个雅典人就是因为厌倦了事事诉讼的生活才逃离雅典、逃离法律的。告密人只能从道德上为自己辩白，声称自己所作所为是出于对城邦无私的爱，是个好人。什么是好，什么是正义？这个问题由正义之人诘难不义之人，就变得非常有趣。

正义之人:

那是商人吗?

告密人:

是的,我承认,偶尔。[1]

正义之人:

905　怎么回事?你学过什么手艺吗?

告密人:

没,宙斯在上。

正义之人:

既然你什么都不做,怎么过活?

告密人:

我是一切公共事务

和私人事务的管理者。

正义之人:

你?为什么?

---

[1] "商人",尤其出海的商人接受审讯的时间较为灵活,因为出海受季节影响。

四　重新分配社会财富

告密人：

　　　　　　　　　　　我愿意。

正义之人：

你怎么会是好人？你这个强盗！

你干着与自己不相干的事，遭人记恨！

告密人：

我不应该为自己的城邦

效劳吗？你这个呆鸟！力所能及地啊！

正义之人：

效劳就是多管闲事吗？[1]

1　正义之人认为，一个好人首先要干实实在在的事情，要有具体的劳动对象，比如农民耕种、商人交易、匠人生产。告密人没有具体的劳动对象，没有自己的生活，而是介入别人的生活，干预别人，实际上是"多管闲事"，徒生事端。一个正义的人首先是做好自己的事，甚至只需管好自己的事，这就是正义之人理解的"正义"。这一点也让我们想起《阿卡奈人》中的主人公狄开俄波利斯（这个名字的本意就是"正义之邦"），这个人物最终体

告密人：

　　这是帮助现行法律，

915　不许有人触犯！

正义之人：

　　城邦不是设有陪审员

　　来管理吗？

告密人：

　　　　可谁来告发呢？

正义之人：

　　谁愿意谁来。

告密人：

　　　　我就愿意！

　　公共事务就这样与我相干了。

正义之人：

920　宙斯在上，城邦有了一个坏人当领导。

　　你这人为什么不愿意过

现出来的"正义"就是管好自己的事，即作为正义的个人，不多管他人之事，作为正义的城邦，不插手他国之事。

四 重新分配社会财富

安静清闲的生活呢?

告密人:

你说的是一种懒散的生活,如果无事发生,消磨度日。

正义之人:

你不肯改变吗?

告密人:

不,就算给我
财神本人和巴托斯的茴香也不行![1]   925

---

1 "巴托斯"曾是昔兰尼的国王。茴香是昔兰尼重要的出口物,是该城主要的经济来源,该城因而把它作为一种象征符号印在钱币上,这里就是指钱币。

正义之人建议告密人放弃多管闲事的生活,管好自己的事情就行。如果人人只管自己的事,不侵犯他人的生活,不掠夺非己之物,而且因为有财神,人人都丰衣足食,那我们可以想象,正义之人描述的基本上就是《理想国》中的健康城邦,也就是猪的城邦。猪的城邦就是相安无事、安闲清静的城邦。告密人拒绝这样的生活,

正义之人：

（吆喝）

赶快脱下大衣！

（告密人不动）

卡里翁：

（向告密人）

喂，他在对你说呢！

正义之人：

再脱下鞋子！

（告密人还是不动）

他认为那就是无所事事、懒懒散散的生活，他的看法与穷神颇为一致。

我们可以进一步推测：倘若城邦真的进入这种状态，人人都正义、人人都有钱，那就不会有纷争、不再需要法庭，也不需要立法机构、不需要执法者，甚至城邦内部也不再需要统治——在一定程度上，也就不再需要民主制度。所以，告密人后来才控告财神犯了颠覆国家政权的重罪；另参第947–950行。

四 重新分配社会财富

卡里翁:

   这些话都是对你说的。

告密人:

 你们放马过来吧,

 谁愿意谁来!

卡里翁:

   "我就愿意!"[1]

(卡里翁抓住告密人,剥去他的衣服和鞋)

告密人:

 哎呀,我竟在光天化日之下被扒光了呀! 930

卡里翁:

 因为你指望吃别人过活。

告密人:

 (向证人)

 你看见了吗?我要请你去给这案件作证。

 (证人逃,下)

---

[1] 学告密人刚才的话,参第918行。

正义之人：

（大笑）

可你带来的证人已经逃走了。

告密人：

哎呀，我独自被包围了呀！

卡里翁：

你现在叫唤了吗？

告密人：

哎哟，又是一下！

卡里翁：

（向正义之人）

你把那破斗篷给我，

我好给这告密人穿上。

正义之人：

不，它早就献给财神了。

卡里翁：

还有哪儿比穿在

一个坏人和强盗身上更合适的呢？

财神适宜配庄严的大衣。

四　重新分配社会财富

正义之人：

　　这毡鞋怎么处理？告诉我。

卡里翁：

　　就把它们钉在他脑门上，

　　就像钉在野橄榄树上一样。[1]

告密人：

　　我走了！我知道敌不过

　　你们。要是我找到一个伴，　　　　　　　　　　945

　　哪怕是无花果树那样的，[2]

　　也定要在今天把这强大的神绳之以法，

　　因为他一意孤行，正在推翻我们的

　　民主制度，既没得到议会，

　　又没得到公民大会的许可。　　　　　　　　　950

（告密人下）

1　演员带着木质的面具，可以在上面钉东西；野橄榄树上可以挂很多贡品。

2　"无化果树那样的"，是说无花果树木质软，树心更软，很容易被虫蚁吃掉变成空心的，这里的意思是"不中用的"。

正义之人：

现在你穿了我的全副武装

走了，跑到澡堂子里去，

像个歌队长那样站在那里取暖吧，

那曾经是我的位置。[1]

卡里翁：

可那堂倌会抓住他的蛋蛋把他拽出门去。

1　告密人拒绝进入新的社会生活，正义人便放弃言辞的劝导。卡里翁剥去告密人的衣服，给他换上正义人以前的衣服，还要他去过正义人以前的生活。交换服装，在谐剧中，常常意味着角色互换。换言之，正义人与告密人在这里互换了身份。如何理解这一点？

财神让所有正义者变富、所有不义者变穷，财神统领和重新分配社会财富，这意味着财神成了城邦新的统治者。新的共同体建立在正义和财富的基础上，统治并未消失，执政机构也没有取缔，只不过全都撤换成正义人，而他们执法的结果不过是让不义之徒变穷而已，并没有彻底消灭他们。不仅如此，他们还给不义之徒指了一条明路：要想致富，先要正义。从这个角度来说，新社会的方案相对温和。

因为,看他一眼就知道,

他是个坏人坯子。

我们进去吧,好敬拜财神!

(卡里翁与正义之人同下)

第 五 场

(老妇上,拿着一个装有糕饼的盘子)

老妇痛斥小情人

老 妇:

亲爱的老人们,

我是到了新神家吗,

还是我完全走错了路?

歌队长:

你是到了他家门口,

小姑娘,你问得娇滴滴。[1]

老 妇:

且让我从里边叫个人出来。

---

[1] 明明是个老太婆,歌队长却称呼她为"小姑娘",克瑞穆罗斯后来也这样称呼她,其实是因为她装嫩,涂了厚厚的粉,画着浓浓的妆,声音也很嗲。

四　重新分配社会财富

（克瑞穆罗斯上）

克瑞穆罗斯：

不必了，我自己出来了。　　　　　　　　　　*965*

不过，你得说清楚，你来是为了什么。

老　妇：

我遭受了一个可怕的委屈，最亲爱的朋友。

自从这神开始看得见了，

就把我的生活搞得难以忍受。

克瑞穆罗斯：

为什么？难不成你也是个告密人？　　　　　　*970*

女人当中的？

老　妇：

　　　　　　不！宙斯在上，我不是。

克瑞穆罗斯：

那你是没抽到去喝酒的签？

老　妇：

你开玩笑。我是个心如刀绞的可怜人。

克瑞穆罗斯：

你还不快说为什么心如刀绞吗？

老　妇：

975　你且听着。我有个年轻的爱人，

很穷，但一表人才，玉树临风，

善良可靠。我要有什么需要，

他就把一切办得井井有条，妥妥帖帖，

他要有什么需要，我也对他百依百顺。

克瑞穆罗斯：

980　那他每回主要都问你要什么？

老　妇：

不多，他异常尊重我。

就是要二十个德拉克玛

买件大衣，或八个德拉克玛买双鞋，

或给他的姐妹们买件衬衣，

985　给他的母亲买件外衣，

麦子也要过两担。[1]

1　原文是"4 墨狄姆诺斯 (medimnus)"。"墨狄姆诺

四　重新分配社会财富

克瑞穆罗斯：

不多，阿波罗在上，

你说的确实不多，他显然很尊重你呀。[1]

老　妇：

他告诉我，他要这些东西，

并非出于贪，而是因为爱，

他穿着我的大衣就会想起我。[2]

克瑞穆罗斯：

你说的这个人爱得真异常！

老　妇：

但现在，那可恶的家伙已经没了

斯"是阿提卡的容量单位，1 墨狄姆诺斯 =54 公升，4 墨狄姆诺斯约合 216 公升，即两担，一担约 100 公升。这么多粮食相当于一个家庭两个月的口粮。实际上，就是这个小年轻傍了个富婆，靠着富婆养活他全家。

1　克瑞穆罗斯说的反语讽刺她。

2　看来，这个小年轻不仅长得好（一表人才），身材好（玉树临风），嘴还甜（谎话连篇）。他依靠身体和言辞迷惑了老妇，让她死心塌地帮他养家。

这种心,他完全变了。

995　我派人给他送去这糕饼

和装在这盘里的点心,

提前告诉他,说

我晚上要去——

克瑞穆罗斯:

他怎么对你?告诉我。

老　妇:

他把这奶油糕退给我们,

1000　叫我以后别再到他那儿去,

而且还打发人来说:

"从前,米利都人是勇敢的。"[1]

1　意思是:米利都人从前勇敢,现在不勇敢了。其实是在婉转地告诉老妇:你过去美丽,现在不美了。

财神居然让这个年轻人变富了,非常奇怪。按照克瑞穆罗斯的计划,只有正义的穷人才会变富,这个小骗子虽然穷,但绝非正义之人,他变富,着实让人吃惊。如果财神只是直接让正义之人富有了,那小年轻就有可能

四　重新分配社会财富

克瑞穆罗斯：

这人性情显然不坏。

有钱的时候，不喜欢扁豆羹。

以前穷的时候，却什么都吃。　　　　　　　　　　*1005*

老　妇：

两位女神在上，他以前天天

都到我家去。

克瑞穆罗斯：

为了给你出殡吗？

老　妇：

不，宙斯在上，他只是为了

我的声音，他爱听。

是间接致富，怎么实现的呢？根据他之前的性情，我们有理由怀疑，他可能是傍上了新近变富的正义之人（说不定还是个年轻貌美的农村姑娘，他一直心仪已久）？

这一幕让人想起《公民大会妇女》中，新政（年轻男子在得到年轻女子之前，必须无条件先满足老年妇女，最老最丑者优先）实施之后，两个丑老太婆争夺一个小年轻的搞笑场景。

克瑞穆罗斯：

（向观众）

他是来拿你赏赐的。

老 妇：

1010   宙斯在上，要是他发现我心烦，

就"小鸭儿""小鸠儿"地叫我。

克瑞穆罗斯：

（向观众）

然后大概会要你买双鞋吧。

老 妇：

在大型秘仪中，我坐在

车上，要是有人看了我一眼，

1015   我就会为此挨他一整天捶打。

这小伙子就是这么妒忌。

克瑞穆罗斯：

（向观众）

他似乎只喜欢吃独食！

老 妇：

他说我有一双极好看的手。

四　重新分配社会财富

克瑞穆罗斯：

（向观众）

在它们给他二十个德拉克玛的时候吧。

老　妇：

他说我的皮肤闻起来很香。　　　　　　　　　　　1020

克瑞穆罗斯：

（向观众）

把你倒进塔索斯酒里，宙斯在上，可能很香。

老　妇：

还说我面容姣好、身材曼妙。

克瑞穆罗斯：

（向观众）

这人不笨，懂得

如何吃发情老妇的盘缠。

老　妇：

好朋友，财神这一点就做得不对，　　　　　　　1025

他答应要帮受了委屈的人。

克瑞穆罗斯：

那他应该做什么？你来说，他来做。

老 妇:

宙斯在上,他应该强迫

受过我恩惠的人给我回报才对,

1030　　否则那人无论如何也不应当得到好处。[1]

1　老妇对财神提出的要求也很令人吃惊,她想讨回以前给出的财物,这根本不属于克瑞穆罗斯的计划范围,也不是财神的义务。老妇之前就是个富婆,也谈不上正义,一直为满足自己过度的欲望而随意挥霍,她的钱财并不是财神复明之后消失的,没有任何理由要财神来帮她索债。但她的借口是,既然小年轻现在有了钱,如果不能再像以前那样继续服务,那他应有能力偿还,不应使她人财两空。克瑞穆罗斯当然不会同意她的要求,只好把她挡在门外,不让她进屋见财神。

就在此时,小年轻自己来了,当着克瑞穆罗斯的面嘲讽老妇又老又丑,以前的语言多么甜蜜,现在的语言就有多么恶毒。看来他有钱之后也没有变得更正义。这进一步证实了我们之前的猜测:他压根就不是个正义的穷人,因此也就不是通过克瑞穆罗斯和财神发家的。可见,财神恢复视力之后,富起来就不只是正义的穷人,而是所有的

四 重新分配社会财富

克瑞穆罗斯：

他不是每夜都回报你了吗？

老　妇：

但他说过绝不离开我，只要我活着。

克瑞穆罗斯：

是的，可他现在认为你不再活着。

老　妇：

我被痛苦熔化掉了，最亲爱的朋友。

克瑞穆罗斯：

不，据我看你是腐烂掉了。　　　　　　　　　　1035

老　妇：

你真的可以把我从指环中拉过去。[1]

克瑞穆罗斯：

那指环碰巧是个筛子吧。

穷人。这些人很可能是被动或间接致富，他们富裕之后当然也不会谨守正义。这个结果显然超出了克瑞穆罗斯的愿望，那么，人人富裕的理想社会是否真的理想？

1　老妇的意思是，因为悲伤，她瘦得可以穿过指环。

（少年上，头戴花冠，手持火把，跟着一群赴宴的人）

少年调笑老相好

老 妇：

那少年朝这儿走来了，

我之前一直控诉的就是他，

他好像是赴了宴。

克瑞穆罗斯：

　　　　　　显然是！

他戴着花冠，拿着火把来的。

少 年：

（向老妇）

向你问好！

老 妇：

　　　　他说什么？

少 年：

　　　　　　　老情人！

四　重新分配社会财富

老天作证,你的头发白得多快呀!

老　妇:

哎呀,我竟受到这样的侮辱!

克瑞穆罗斯:

他似乎很久没有见你了。　　　　　　　　　　　*1045*

老　妇:

很久?坏透了的家伙,他昨天还同我在一起。

克瑞穆罗斯:

那他的情况与许多人相反,

因为好像喝醉了看得更清楚。

老　妇:

不,他的性情总是很放纵。

少　年:

(拿火把靠近老妇)

波塞冬和老一辈天神啊,　　　　　　　　　　*1050*

她脑门上有多少皱纹呀!

老　妇:

　　　　　　　唉,唉!

别拿火把靠近我!

克瑞穆罗斯：

（向观众）

> 她说得对。

只要拿一点火星靠近她，

她就会像陈年的花冠那样燃起来。

少　年：

1055　你想跟我玩会儿吗？

老　妇：

> 在哪儿？你这任性的家伙！

少　年：

在这儿，拿些果子。

老　妇：

> 怎么玩？

少　年：

猜猜你有几颗牙？

克瑞穆罗斯：

> 我也要猜。

她有三颗，或者四颗吧。

四 重新分配社会财富

少　年：

　　你赔吧！她只有一颗大牙！

老　妇：

　　坏透了的人啊,我看你神志不清了, 　　　　　1060

　　当着这么多男人的面泼我污水。

少　年：

　　如果有人给你洗掉,对你倒有好处。

克瑞穆罗斯：

　　绝对不行,她现在卖着假货,[1]

　　要是把这白粉洗掉了,

　　你就会看到一张沟壑纵横的脸。　　　　　1065

老　妇：

　　老头儿,我看你也神志不清了!

少　年：

　　或许他在打你坏主意呢!

　　他在用手碰你的奶子,别以为我没看见。

---

[1] "卖着假货",意思是老妇扮了很浓的妆,就像戴了一副假面具。

老　妇：

阿芙洛狄忒在上，不是我的！你这坏家伙！

克瑞穆罗斯：

1070　赫卡忒在上，我绝对没有！除非我疯了。

但是，小伙子，我可不许你

恨这姑娘。

少　年：

我非常爱她！

克瑞穆罗斯：

她却一直在控诉你。

少　年：

控诉什么？

克瑞穆罗斯：

她说你是个傲慢的人，你还对她说：

1075　"从前，米利都人是勇敢的。"

少　年：

我不想为了她与你打架。

克瑞穆罗斯：

什么意思？

四 重新分配社会财富

少　年：

我尊重你的年纪，对于别人，

我是不会允许他这样做的。

你现在开开心心地带了这个姑娘走吧。

克瑞穆罗斯：

我明白了，我明白了你的心思。你认为不该　　*1080*

与她在一起了吧。

老　妇：

但谁允许了呢？

少　年：

我不要同一个被睡过

一万三千年的女人争辩。

克瑞穆罗斯：

既然要喝酒，

就该把酒渣也一起喝下去。　　*1085*

少　年：

可这酒渣真的又旧又霉。

克瑞穆罗斯：

一张滤酒布就能把这些都搞定。

少　年：

还是进去吧！我想

去把我戴的这个花冠献给神。

老　妇：

我也想同他说几句话。

少　年：

那我就不进去了。

克瑞穆罗斯：

放心吧，别害怕！

她不会强迫你。

少　年：

你说得非常好。

我以前服侍她够久了。

老　妇：

走吧，我跟着你进去。

（老妇同少年下）

克瑞穆罗斯：

宙斯王啊,那老妇多么坚定呀,   *1095*

就像石贝一样粘在小伙子身上!

(克瑞穆罗斯下)

五　财富与正义

[题解]第六场只来了一位访客,赫耳墨斯。前四位访客都是普通人,赫耳墨斯却是个神。因此,他不是来拜访财神的,神不可能像凡人一样敬拜另一个神,他是来找克瑞穆罗斯理论的,但卡里翁却代替主人与他交谈。赫耳墨斯抱怨财神,说财神恢复视力以后,所有人都去敬拜财神,无人给天庭献祭,他快饿死了,要求卡里翁从家里偷一点祭品给他。卡里翁拒绝,赫耳墨斯说他以前保佑过卡里翁偷东西不被主人发现,卡里翁却说赫耳墨斯没有保佑他被捉住时不挨打。赫耳墨斯叫卡里翁不要记仇,把他留下。他提供了各种受雇佣的可能,卡里翁最终收留了他(第1097-1170行)。

第七场来了最后一位访客,宙斯的祭司。他也是来找克瑞穆罗斯的,这次克瑞穆罗斯亲自出

五　财富与正义

来接待他。与赫耳墨斯一样，祭司也饿得要死。财神恢复视力后，人人都给他献祭，不给宙斯献祭，祭司失去了生活来源，他也要求留在克瑞穆罗斯家。

赫耳墨斯和祭司尽管一个是神，一个是人，却都与宙斯关系密切，一个是宙斯在天上的使臣，一个是宙斯在人间的侍者，他们都因财神的康复而遭遇生存危机，这代表宙斯的统治秩序受到了重大冲击。无论是天庭还是人间，财神似乎都已取而代之。但是，宙斯并未彻底消失，他竟不请自来，进了克瑞穆罗斯的家门（第1171-1207行）。

第 六 场

(赫耳墨斯上,他敲了一下门,躲到一边)

赫耳墨斯来投靠

卡里翁:

(开门)

谁在敲门?是谁呀?

好像没人,但这门却

发出呜呜的声音!

(欲关门)

赫耳墨斯:

(上前阻止卡里翁关门)

我对你说,

1100　　卡里翁,等等![1]

1　阿里斯托芬在三个剧本中挑战了宙斯的权威:《和平》《鸟》和《财神》。每一次,他都会安排一个代表,

五　财富与正义

卡里翁：

　　　　这家伙在对我说话，

是你在敲门吗？

赫耳墨斯：

宙斯在上，我刚想敲，你就抢先给我开了。

你赶快跑进去，把你主人叫出来，

然后是他妻子和孩子，

然后是侍从们，再是那狗，　　　　　　　　　　*1105*

然后是你自己，再是那猪。[1]

作为宙斯的使臣前来威胁一番。在《鸟》中，他安排的是伊丽丝，即彩虹女神，她在《伊利亚特》中是宙斯的使臣；在《和平》中，与我们这个剧相同，他安排的也是赫耳墨斯。赫耳墨斯在《奥德赛》中是宙斯的使臣。

1　作为奥林匹斯山最能服务大家的神（众神之使），赫耳墨斯很清楚主从关系，奴隶的地位如同猪狗，他把卡里翁放在了猪前面。

　　克瑞穆罗斯的计划实现后，正义之人都富了，但似乎主奴关系并没有改变。我们会想，奴隶有钱以后是否

卡里翁：

    告诉我，为什么呀？

赫耳墨斯：

    坏家伙！宙斯要把你们放到一个碗里搅和，

仍然不能赎回自己的身体。这个片段呼应了开场，卡里翁在那里抱怨奴隶的身体不受自己控制，他本人是主人财富的一部分，现在，在新的生活中，他的社会身份并没有改变。此外，其他基本的社会关系也没有改变：夫妻、父子。

  因此，与《公民大会妇女》的计划相比，《财神》的确温和得多。在《公民大会妇女》中，妇女们从男人手里夺权之后，不仅要平均财富，把一切私产充公，还要结束一切夫妻关系，让所有年轻人得到自己心仪的年轻对象前要先满足所有有需求的老年人。甚至，还要结束一切父子关系，让所有差不多年龄的少一辈都称呼比自己老一辈的人为父亲。

想把你们全都扔进罪人坑。[1]

卡里翁:

(向观众)

这个传令官的舌头该割下来了。　　　　　　　*1110*

(向赫耳墨斯)

可为什么宙斯要耍阴谋来对付

我们呢?

赫耳墨斯:

　　因为你们干了一件骇人听闻的事。

自从财神开始看得见了,

就再也没有什么乳香、月桂、

麦饼、牺牲和别的东西　　　　　　　　　　　*1115*

献给我们天神了。[2]

1　看来,财神恢复视力以后,宙斯的权威并未受到影响,他不仅依然可以惩罚人类,似乎也依然有能力对付财神,再让财神变瞎。

2　在阿里斯托芬的《鸟》中,"云中鹁鸪国"的建立阻断了祭祀的香火,人类不再与奥林匹斯神直接建立关

财 神

卡里翁：

　　　　　　　是的！宙斯在上，没人
献祭了。你们以前对我们也照顾得不好。

赫耳墨斯：

别的神们我不关心，

但是我完蛋了，彻底毁了。

卡里翁：

　　　　　　　　你很明智。

赫耳墨斯：

1120　以前天一亮，我就从饭店老板娘那里

得到所有的好东西，酒饼呀，蜂蜜呀，

无花果干呀，适合赫耳墨斯吃的东西，

可现在我只好饿着，跷起腿休息。

卡里翁：

难道不对吗？你时常让他们受损失，

系，而是与鸟儿建立关系。现在也一样，大家都来找财神，向财神献祭，再也不拜别的天神，财神成了《鸟》中的鸟儿，而克瑞穆罗斯成了《鸟》中的庇斯特泰罗斯。但是，无论财神还是克瑞穆罗斯，都没有称自己为"王"。

五 财富与正义

还能得到这些好东西?

赫耳墨斯:

哎呀!

可惜了他们每月初四送我的大饼呀![1]

卡里翁:

"怀念的已不再,叫喊也惘然!"[2]

赫耳墨斯:

哎呀!可怜我狼吞虎咽的羊腿肉呀!

卡里翁:

玩你的踩酒袋戏去吧![3]

---

1 赫耳墨斯除了司掌贸易,也司掌盗窃,所以他也是小偷和强盗的保护人,会时常让饭馆受点损失。赫耳墨斯生在初四,所以每月初四,商人们都会给他供奉大饼,但现在无人祭祀,他再也吃不到那些饼了。

2 "怀念的已不再,叫喊也惘然!",是卡里翁在模仿肃剧中的一句诗词。

3 乡村酒神节的第二天,人们站在充气的酒囊上做羊脚跳,看谁不跌下来,称为"踩酒袋戏"。

赫耳墨斯:

1130 　　我狼吞虎咽的热烘烘的内脏肉呀!

卡里翁:

　　你像是内脏拧着痛吧![1]

赫耳墨斯:

　　可怜那杯兑了一半水的酒呀!

卡里翁:

　　喝下这个,还不快跑?

赫耳墨斯:

　　你会帮一个自己的朋友吗?

卡里翁:

1135 　　如果你要的东西我力所能及。

赫耳墨斯:

　　弄一个烤熟的面包给我吃,

　　还有一大块肉,

　　正在你们家里献祭的。

---

[1] 卡里翁嘲笑赫耳墨斯是肚子饿得疼。

五　财富与正义

卡里翁：

　　"但不可以拿东西"。[1]

赫耳墨斯：

你偷主人小物件时，

总是我不让你被发现。　　　　　　　　　　　*1140*

卡里翁：

你也有一份儿，你这个强盗！

一块烤熟的好饼归了你。

赫耳墨斯：

然后你自己把它吃个精光。

卡里翁：

你可没跟我一起挨打，

我干坏事被捉住的时候。　　　　　　　　　　*1145*

赫耳墨斯：

别记仇了，既然已经捉到了费勒。[2]

---

[1] 雅典习俗，不能偷拿祭品。

[2] 这句话就是既往不咎的意思。这里有个典故，影射公元前403年发生的一件事。雅典推翻三十僭主恢复

当着天神的面收留我做个家人吧。

卡里翁:

你要离开天神,留在这里吗?

赫耳墨斯:

与你们在一起要好得多。

卡里翁:

为什么?你以为背井离乡好吗?

赫耳墨斯:

我在哪里过得好,哪里就是父邦。

卡里翁:

你在这里,对我们有什么用呢?

赫耳墨斯:

把我安在门旁当个门神吧。

卡里翁:

门神吗?可开门关门已经用不着了。

民主制的过程,是从忒拉绪布罗斯(Thrasybulus)捉到费勒(Phyle)开始的。

五　财富与正义

赫耳墨斯：

那买卖神呢？

卡里翁：

我们都有钱了，为什么   *1155*
还得养一个小贩赫耳墨斯呢？

赫耳墨斯：

那狡猾神呢？

卡里翁：

狡猾神？完全不要。
狡猾现在也用不着了，要的是单纯的性情。

赫耳墨斯：

那向导神呢？[1]

卡里翁：

财神已经看得见了，
不再需要向导了。   *1160*

赫耳墨斯：

那我就当竞技神吧！你还有什么说的？

1　赫耳墨斯要引导亡灵赴冥府。

这对财神最合适不过，

去举办各种音乐和体育竞赛。[1]

卡里翁：

有许多名号是多好的事呀！

1165　这家伙为自己找到了生计。

难怪所有的陪审员经常急切地

想把自己的名字写入多个卷宗里。[2]

赫耳墨斯：

我凭这个可以进去吗？

1　在古希腊，一般不由个人而由城邦来"举办"竞技赛，因为个人没有这个经济实力，但个人可以赞助。赫耳墨斯的意思是，只要财神在，城邦就不缺钱，就有条件举办各类比赛，个别家庭也能支援，何况财神就在克瑞穆罗斯家，他要是进了这个家门，就有了用武之地，不会再饿肚子了。

2　陪审员担心自己没被抽到而不能参加陪审领取津贴，因此便一人谎报多个名字，登记进入不同的卷宗，以增加中签的几率。

五 财富与正义

卡里翁：

    到井边
去洗那些肠肠肚肚吧，
 你就算得上是个"好帮手"了！好   *1170*
（赫耳墨斯与卡里翁同下）

第 七 场

宙斯的祭司来投靠

(宙斯的祭司上)

祭 司:

谁能清楚地告诉我,克瑞穆罗斯在哪里?

(克瑞穆罗斯上)

克瑞穆罗斯:

什么事呀?好朋友。

祭 司:

     除了坏事还能有什么事?

自从这财神又开始看得见了,

我就一直饿得要死。我没有东西吃,

1175 尽管我是救主宙斯的祭司。

五　财富与正义

克瑞穆罗斯：

天神在上，这是什么缘故？

祭　司：

再也没人想祭祀了。

克瑞穆罗斯：

为什么？

祭　司：

因为大家都有钱了呀。以前，
大家没钱，商人来
祭祀，是因为得了救；有人来是为了　　　　　1180
避免吃官司；也有人是为了得个好兆头
叫我去做祭司。但现在，全然没有一个人
来祭祀，也没有人进庙来，
除了无数个来方便的人。

克瑞穆罗斯：

你不按习俗抽取费用吗？　　　　　　　　　1185

祭　司：

我决意与救主宙斯告别，
就留在这儿了。

克瑞穆罗斯：

别担心，一切都会按照神意好起来。

救主宙斯也在这里，

1190 他不请自来。[1]

1　因为人类不再向宙斯献祭，宙斯的祭司也陷入与赫耳墨斯同样的结局。与赫耳墨斯的要求一样，他也想离开宙斯，与克瑞穆罗斯在一起。他俩一个是宙斯在天上的侍从，一个是宙斯在人间的侍从，都因为饥饿选择离弃自己的旧主，与新的主人在一起。如何理解他俩的叛离？

从卡里翁之前与赫耳墨斯的对话可见，人们对天神早就有了意见，因为神们似乎对穷人的关注过少（有可能穷人敬奉的祭品较少），所以在人们心里，神们原本就不太称职，更何况赫耳墨斯还保护了那么多小偷和窃贼。如果通过饥饿，他能接受惩罚，服务众人，那就允许他留下，因为家里毕竟需要"帮手"。一个不义的神就能变成正义的神。

至于祭司，卡里翁描述医神庙时，我们就知晓了所有祭司的本性：不劳而获，依靠祭品而活，实际上是代

五　财富与正义

祭　司：

你说的都是好消息。

替诸神享受了人们虔诚的敬奉。他们代表诸神收了人们的礼物，却不能给人们提供保护和好处，也就是说，他们无偿地占用别人的财物，与告密人无异，是"指望吃别人而活"的不义之人（参第931行）。倘若通过饥饿，他能改邪归正，也可以把他留下，因为财神毕竟也需要祭司主持祭祀。一个不义之人就能变成了正义之人。

这两个例子似乎说明，财神恢复了视力，的确可以让神和人都变得正义，但真正导致这种转变的，不是富足，而是饥饿。如此我们就可以说，只有自然的需求才是一切好事的根源，这不正好印证了穷神的断言吗？人一切行为的基础是匮乏，而非财富。那么，克瑞穆罗斯的计划最终还是请回了穷神，只不过让她隐身罢了。

此外，赫耳墨斯和祭司进入克瑞穆罗斯的家门，吃饱喝足后，能否继续保持正义？或者，其他变富的人丰衣足食后，还有没有其他的爱欲？如果有，能否得到满足？满足了，是否靠的正义途径？这些，剧本都没有告诉我们。克瑞穆罗斯关注的问题是，如何让好人得到回报，

财　神

克瑞穆罗斯：

　　我们马上就要供奉财神，但且慢，

　　我们要把他供奉在以前供奉他的地方，

　　好永远看守女神的后殿。[1]

　　（向屋里）

　　谁去拿个点着的火把来！

他不关注好人得到回报后可能发生的坏变化。他以为，只要人正义，就让他富裕，只要他不义，就让他贫穷，贫穷似乎成了惩罚不义的手段，如此让人保持正义。可是，人若始终有爱欲，那么匮乏就永远存在，如果匮乏即贫穷，那相当于人始终处于惩罚中，何谈正义？可见，贫穷无法成为维持正义的手段，正义的惩罚也不应由财神来实施，而是需要更有约束力的神，这就是宙斯，剧本开场就提到过（参第93-94行）。作为剧中人，克瑞穆罗斯意识不到这一点，所以他并未主动邀请宙斯，因此我们可以理解，宙斯之所以不请自来，是谐剧诗人的安排。如此，克瑞穆罗斯的计划和整个剧本才有意义，才能实现谐剧之正义。

　　1 "女神的后殿"指雅典娜神庙的后方，也称库房。

五 财富与正义

（向祭司）

你好拿着它走在神前面。

祭 司：

      很有　　　　　　　　　*1195*

必要这么做。

克瑞穆罗斯：

    谁去把财神请出来！

（财神从屋里出来，后面跟着老妇）

老 妇：

我要做什么？

克瑞穆罗斯：

    那粥罐子，供给财神的，

你拿了庄严地顶在头上走吧，

你正好穿了花花绿绿的衣裳来。

老 妇：

我为此来的那件事呢？　　　　　　　　　　*1200*

财　神

克瑞穆罗斯：

　　　　　　　　一切都会给你办好。

那少年晚上就会到你那里去。

老　妇：

宙斯在上，如果你向我保证

他会去我那儿，我就顶这罐子。

（把粥罐子顶在头上）

克瑞穆罗斯：

（向观众）

这些罐子和许多别的罐子

1205　情况相反：别的罐子，

浮皮都浮在罐子的顶部，但现在，

这罐子却浮在了老妇的顶部。[1]

（财神开始退场，老妇跟随，二人同下）

1　这里用了双关，浮皮这个词与"老妇"是同一个词。"别的罐子，浮皮都浮在罐子的顶部，这罐子却浮在了浮皮（老妇）的顶部。"

退　场

歌队长：

现在，我们也别再拖延，该下场了，

我们得跟在他们后面，一边唱着节日的歌。

（歌队长、歌队下）

图书在版编目（CIP）数据

财神 /（古希腊）阿里斯托芬（Aristophanes）著；黄薇薇译. -- 北京：华夏出版社有限公司，2021.3
（阿里斯托芬全集）
ISBN 978-7-5222-0042-2

Ⅰ. ①财… Ⅱ. ①阿… ②黄… Ⅲ. ①喜剧－剧本－古希腊 Ⅳ. ①I545.32

中国版本图书馆 CIP 数据核字（2020）第 224760 号

财　神

作　　者	[古希腊]阿里斯托芬
译　　者	黄薇薇
责任编辑	李安琴
特邀编辑	朱绿和
责任印制	刘　洋
出版发行	华夏出版社有限公司
经　　销	新华书店
印　　装	北京汇林印务有限公司
版　　次	2021 年 3 月北京第 1 版 2021 年 3 月北京第 1 次印刷
开　　本	787×1092　1/32
印　　张	6.5
字　　数	80 千字
定　　价	48.00 元

华夏出版社有限公司
地址：北京市东直门外香河园北里4号　　邮编：100028
网址：www.hxph.com.cn　　电话：(010)64663331(转)
若发现本版图书有印装质量问题，请与我社营销中心联系调换。